北梁人家

The story of BeiLiang

林蔚然　杨硕　苗九龄

敦煌文艺出版社

图书在版编目（CIP）数据

北梁人家 / 林蔚然，杨硕，苗九龄著. -- 兰州：敦煌文艺出版社，2018.9（2023.1重印）
ISBN 978-7-5468-1620-3

Ⅰ．①北… Ⅱ．①林… ②杨… ③苗… Ⅲ．①话剧剧本－作品集－中国－当代 Ⅳ．①I234

中国版本图书馆CIP数据核字（2018）第213575号

北梁人家

林蔚然　杨　硕　苗九龄　著

责任编辑：李恒敬
装帧设计：李晓玲　禾泽木

敦煌文艺出版社出版、发行
地址：（730030）兰州市城关区读者大道568号
邮箱：dunhuangwenyi1958@163.com
0931-2131373　2131397（编辑部）　　0931-2131387（发行部）

三河市嵩川印刷有限公司印刷
开本787毫米×1092毫米　1/32　印张8.625　插页1　字数160千
2019年6月第1版　2023年1月第2次印刷
印数：3 001～6 000

ISBN 978-7-5468-1620-3

定价：39.80元

如发现印装质量问题，影响阅读，请与出版社联系调换。
本书所有内容经作者同意授权，并许可使用。
未经同意，不得以任何形式复制转载。

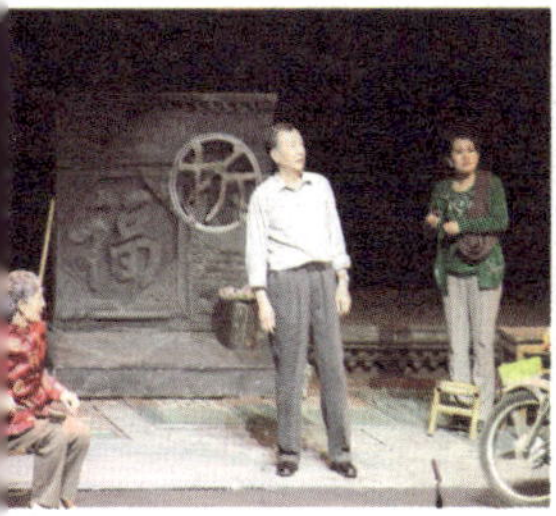

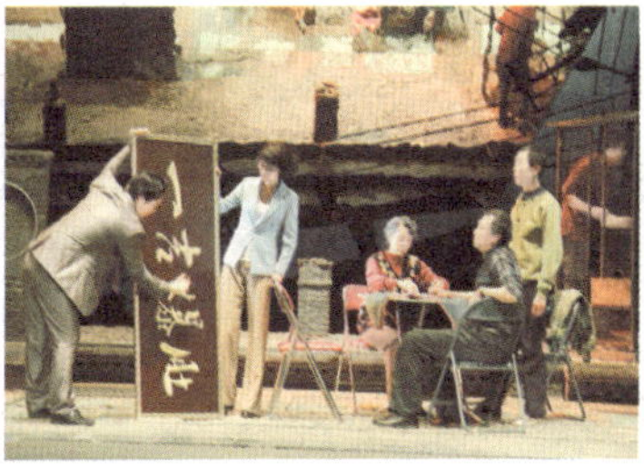

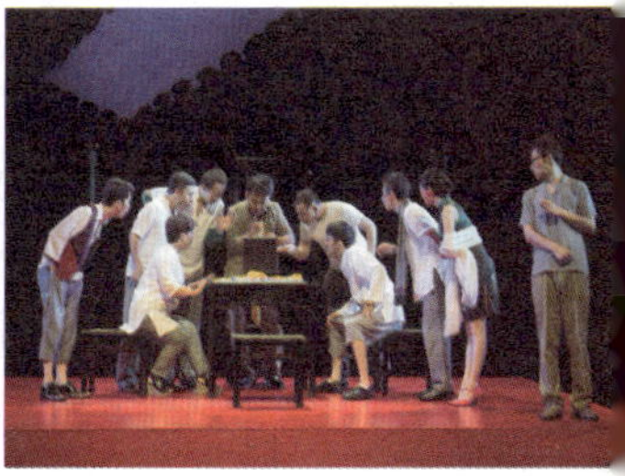

Contents
目 录

001
北梁人家

113
红中

177
建家小业

《北梁人家》剧照
摄影师 / 李伟杰

《北梁人家》剧照
摄影师 / 李伟杰

《北梁人家》剧照　摄影师／李伟杰

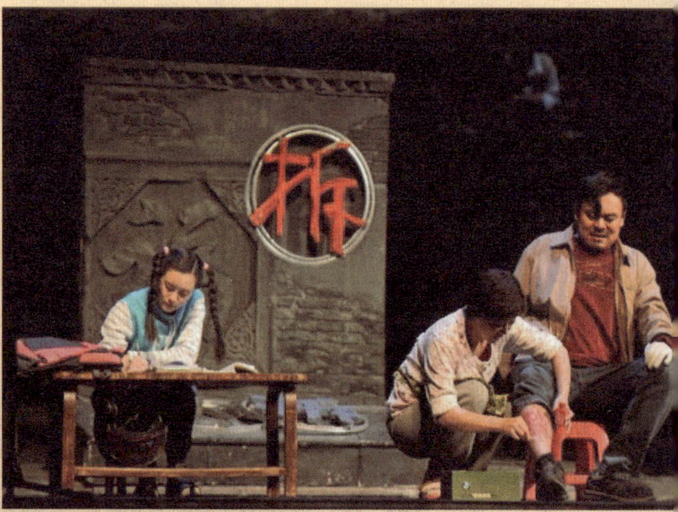
拆

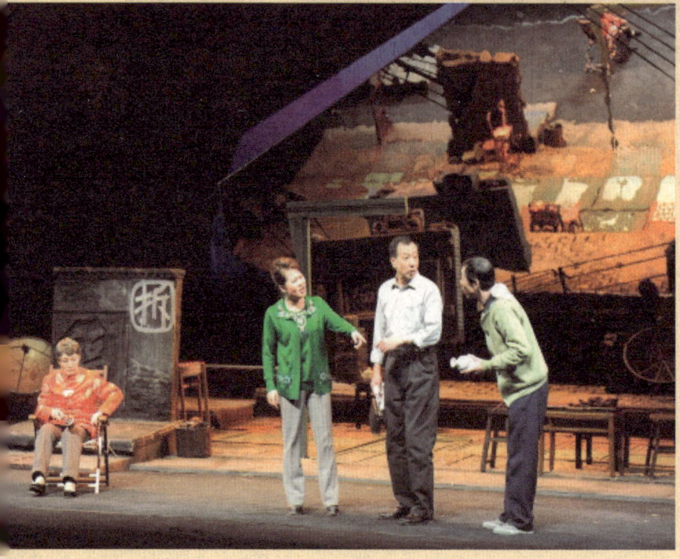
拆

《北梁人家》剧照
摄影师 / 李伟杰

《北梁人家》剧照　摄影师 / 李伟杰

《北梁人家》剧照　摄影师 / 李伟杰

《北梁人家》剧照

摄影师 / 李伟杰

【话剧】

北梁人家

The story of BeiLiang

林蔚然

作者简介

编剧　林蔚然

毕业于中央戏剧学院戏剧文学系本科，中国艺术研究院2013级MFA。现为北京演艺集团艺术生产管理部副主任、《新剧本》杂志执行主编。主要作品：话剧《请你对我说个谎》《爱无能》《马路天使》《秘而不宣的日常生活》《北梁人家》《大国工匠》《人间烟火》《天真之笔》，曲剧《歌唱》、京剧《少年马连良》，歌剧《陌上桑》，电影《闭嘴！爱吧》，电视剧《我们生活的年代》《无影灯下》等。个人及作品曾获国家艺术基金青年创作人才扶持项目、国家艺术基金滚动扶持项目、国家艺术基金扶持剧目、中国文联青年创作专项奖励扶持项目、北京市宣传文化高层次人才培养资助项目、第十三届中国人口文化奖电视专题片一等奖、第四届暨第五届老舍文学奖优秀戏剧剧本提名奖、第二届全国戏剧文化奖编剧金奖暨原创剧目大奖、首届北京优秀小剧场剧目展优秀剧目奖暨编剧金奖、北京文学奖、第四届中国校园戏剧节中国戏剧奖校园戏剧奖"优秀剧目奖"、内蒙古自治区五个一工程奖、第十二届中国内蒙古草原文化节剧目大奖、2008中国娇子新锐榜年度电视剧奖、上海文广集团2008国产电视剧题材贡献奖、第四届北京"影协杯"创意电影剧本奖。

【这是北梁一座有着一百多年历史的小院：赵家小院。晋蒙风格的完整院落。门口的砖刻牌匾写着：平为福。院里墙上有"福"字砖雕，小孩子量身高，在墙上画了层层叠叠的粉笔道。窗户底下，画着太阳花，写着唐诗：白日依山尽，黄河入海流。欲穷千里目，更上一层楼。小凉房和旁边的过道，是孩子们捉迷藏的藏身之地，也是青年人谈恋爱说悄悄话的地方。房顶也能让孩子们跑来跑去，坐着晒太阳。

【小院也和北梁棚户区的住户们一样，没有厕所，有上水没下水。下雨的时候院子里会变成泥塘。

第一场

【初春。赵秀贞自家小院儿门口。

【阵阵鸽哨。光启。小院的墙上,福字砖雕旁边,一个白粉笔写成的"拆"字醒目而刺眼。赵秀贞大为光火地坐在摇椅上。她的声音穿透力极强。

赵秀贞:这手,是真欠哪。挠自己家墙根儿去不好吗?净干那剎手的事儿。把人字儿那一撇一捺给练会了,再出来丢人现眼!

【何朴仁一掀门帘出来了。

何朴仁:呦呦呦,老太太,您别动真气啊。喊归喊,就当练嗓子了。这早年间纺织厂宣传队的骨干,底子还是好。

【赵秀贞拿眼瞟了何朴仁一下,飞快地判断着。

何朴仁:(赶紧择自己)就是有些烧卖吃多了撑

得发慌的闲人!这么好的一面墙!

赵秀贞:一平,给我出来!

【赵一平在屋里答应着,忙不迭地拎着水桶跑出来。赵秀贞瞪着一平。赵一平殷勤地递了块手巾,赵秀贞烦躁地推开。

赵秀贞:我说的话不管用了是不是?

赵一平:那绝对不能。我是给您拿毛巾擦擦脸,您消消汗,接着练嗓子。

赵秀贞:这是亲儿子该说的话吗?

何朴仁:一平是真随您啊。

赵秀贞:像我倒好了。光是一张嘴。

赵一平:妈,今儿是好日子,咱换一天怄气行不行?

赵秀贞:我还就不信这个邪。你们都听清楚了,拆迁队要想把我赵家的百年老院儿拆了,就拿铁锹先把我拍死,要不就用铲车先铲走我。拆不散我这把老骨头,这院儿就得立立整整地待在这儿!

赵一平:那我也表个态。谁想铲走您,必须先从我身上踩过去。

【高静娴从屋里走出来。

高静娴:(声儿不大,有点背着赵秀贞,面对赵一平)想要从你身上踩过去,真不是什么难事儿。就你那死不起活不明白的样儿,踩过去你还得说一声:

"真不好意思,硌着你了没有?"

赵秀贞:(横了儿媳妇一眼)这鸟儿,光张嘴叫唤,也叫唤不出什么好儿来。叽叽喳喳闹腾,要不你就大点声儿。那么多话,看不说话能不能憋坏了你。

高静娴:妈,我是来问问您,今儿在家吃啊还是出去?待会儿一和一吉是不是准回来?

赵一平:回来,都回来。今儿是妈六十九岁大生日,出去吃,说好了去一吉的爆肚店。妈想这口儿了。妈,您别着急上火,我这就把您这块心病给去喽。(挽袖子拎水桶)

何朴仁:爆肚儿?那我不去不合适啊……

高静娴:哪儿都有您。

何朴仁:老太太六十九大生日我必须得到场啊……

高静娴:赵一平你!这有上水没下水的日子,你不知道水是金贵东西啊?这水用了几遍了就刷墙?

赵一平:妈洗过脸,你洗过手,我洗过脚,这是第四遍。

高静娴:(恨恨的)该用抹布蘸水擦掉,剩下的水洗地。

赵一平:是,是。

【街坊杨建峰骑着小摩托,带着闺女点点刚好经过。

赵秀贞:(此刻休息得不错,起身站在院门口嚷嚷)哪个小王八羔子写的,给我舔干净!费我一桶水!让我抓着,看不打断他腿!

何朴仁:看您这底气足的,还能再活六十九岁!您得福如东海寿比南山地活,让那些惦记拆房的都走您前头。

点点:(从小摩托上下来,跑到赵秀贞旁边脆生生地喊)赵奶奶!

赵秀贞:(看见点点眉开眼笑)哎!点点,待会儿上奶奶家来,有好吃的!

杨建峰:(冷笑一声)您刚才这是说谁呢?

赵秀贞:(一愣)怎么了,有捡钱的,还有捡骂的呢。

杨建峰:街里街坊的,小孩子就点点一个。您注意点文明。您那骂声儿快把我们房上瓦片震掉了,我们家瓦掉了可没钱修,到时候我带着老婆孩子都住您家。

赵秀贞:杨建峰啊,别人怕你,我可不惯着你毛病。有前科就是有前科,重新做人也是有前科,我们家一和要不是当初我拦着,要跟你搞上对象,现在不定惨成什么样呢。

杨建峰:(脸色变了)您说话别太损了,我看在您是老人家,又是赵一和妈妈的份上,我少说几句。要是别人,我让她知道知道我是谁。

【赵一平出来,看见杨建峰,打着圆场。

赵一平:建峰啊,吃了吗?

【杨建峰没搭理赵一平。

杨建峰:点点,回家。

【杨建峰带着点点下。

点点:赵奶奶再见。

赵一平:(看着杨建峰背影,好脾气地笑笑,追着背影):我们中午吃的烧卖——妈,我搀您回屋,墙洗干净了。咱们等老二回来,一起去老三店里吃饭。

【赵一和拎着寿桃来了,她心事重重的差点撞到杨建峰车上。

杨建峰向赵一和投去关心的一瞥。赵一和对建峰笑笑,有点魂不守舍地绕过他。

赵一和:妈。大哥。

赵秀贞:(敏感的)呦,没到下班点儿怎么就来了?

赵一和:您过大生日吗不是,我跟单位请假了。

赵秀贞:这可不像你,为了学校和学生你早忘了你还有个老娘了。今儿太阳打北头儿出来了。你丈夫呢?

赵一和:(愣了一下)他公司里忙,所以就……让我代表了。

赵一平：(打着圆场)忙工作好,忙才有进项,搞家庭建设我看最应该了！那咱们准备出发去老三店里吧？妈说生日就想吃份爆肚儿,再来碗羊杂碎汤。

赵秀贞：(看着一和)一和啊,你这神不守舍的是不是有事儿啊。

赵一和：妈,我这次回来,得多住些日子了。

赵秀贞：怎么着,想我了？

赵一和：我……我休假了,想回您这儿住一段时间。

赵秀贞：你跟你丈夫闹矛盾了？

【赵一和露出犹豫不决的神情。

赵一平：(继续打圆场)妹妹回来跟您亲近亲近,还非得有事儿吗？您关心她也不在这一时三刻的。起驾吧,就老三那比猴儿还急的性子,待会该回来请您了。

【赵一吉气急败坏地进院。

赵一吉：你们也甭去了,今儿关店了！一帮子男女老少的堵在店里,说这房子要拆迁了,嚷嚷着要分家！我说让他们别耽误我做生意。他们倒好,差点把我给撑出来！我一气之下用棍子把他们胡噜出去了,上了锁我就回来了！

【大家面面相觑。

赵秀贞：(镇定的)哪儿也不去了！我告诉你们,

想拆迁,门儿都没有。这个钉子户,我是当定了。我这把七十年的老骨头,就戳在这儿!看看谁敢动一块砖。静娴,冰箱里留的红烧肉给我热半碗儿,再给我下碗长寿面,卧一个鸡蛋!

【光收。

第二场

【光启。何朴仁家中。何叔背着编织袋子叮叮咣咣、慌慌张张跑回家,小心翼翼搁在地上,里头有几个瓷碗、花瓶、铜钱,还有碎了的两半瓶子。何叔从兜里掏出一叠面额不大的钞票,从破柜子里拿出一个铁月饼盒,把钱放在里头,小心地放回去。他找出一管502,把瓶子粘在一起。

【何叶子拎着包下班回来进家。何叔吓一跳。

何叶子:又鼓捣您那些破瓶子!不是说过不让您去吗?您要想靠卖这些破烂儿一夜暴富,我劝您还是跟家听二人台吧。

何叔:嘿嘿,爸今天一天就赚了这个数。(伸出三个手指头)一天三百,一个月三十天,那得小一万块钱。你高不高兴?爸给你攒嫁妆呢。

何叶子:您就吹吧。肩膀疼吗,给您按按?

何叔:叶子,上次来咱家那个小吴我看就挺好,有知识有文化的,又是个公务员。知道心疼你……

何叶子:咱能不能不提这些。

何叔:(说得兴奋)只要他真心对你好,爸就同意。周末让小吴来家吃饭,我跟他唠唠……

何叶子:不用唠了。

何叔:怎么呢?

何叶子:结束了。上次来过以后他就后悔了。

何叔:他家住哪儿你告诉我。

何叶子:您干吗?

何叔:我去找他。我问问他为什么。

何叶子:您干什么啊?还嫌您闺女不够丢人么?

何叔:哪个孙子非要上门的,站窗户根儿底下等你,你不出来,下刀子都不走。满嘴念叨着,说每天上车站大厅远远看着你上班儿,排队的人一个一个从你手里把车票买走,他觉得特别有诗意。我当时就觉得后背起鸡皮疙瘩!

何叶子:反正他看见咱们家什么样儿以后就改口了,他说,是生活教育了他。他还说,就算是买东西也得货比三家。反正我也没喜欢过他。只不过他身体健康,工作稳定。有的是像他这样的。换一个也没什么区别。

何叔:叶子,你不能这么想。爸不想让你因为着急,委屈了自己。

何叶子:不委屈。是我误会了,以为他对我是真心的。前几个相亲的都是这么跑的……他没什么不一样的。

何叔:公务员现在连月饼都不能收了,咱们不稀罕。爸给你买月饼。让那些没眼力的狗东西都滚。

何叶子:爸,我想好了,只要有人愿意娶,我明天就可以嫁。我结婚了就能改善咱家的生活了,就能有张自己的床。您也就踏实了。只是有一样不好,我不能天天在身边照顾您了……

何叔:(黯然无语,摸摸何叶子脑袋)爸没本事。让你遭罪了。(矛盾的)叶子,要是有机会去过好日子……你又觉得心里不憋屈,你就去……别惦记我。

何叶子:累了一天,赶紧换换衣服,我出去转转。桶里的水晒一天了,还温着,你洗洗澡。

【何叔沉默地出了家门。一抬头,赵秀贞坐在椅子上,在窗户根儿底下一动不动。

何叔:(掩饰心中难过)老太太,您干吗呢这是……

赵秀贞:(不慌不忙的)蹲点儿。我看谁没事儿老爱写字儿。

何叔:哦,咳,那您慢慢儿地蹲吧……

赵秀贞:他何叔,别难过了,有这么孝顺的闺女该偷着乐。谁还没碰见过几个人渣啊。您福气在后头呢。

何叔:(不知道该笑还是该哭)……借您吉言了……

【光收。

第三场

【光启。第二天。鸽哨。

【赵家小院。赵秀贞、赵一平、何叔、杨建峰在打麻将。赵一和在旁边陪着。

【赵一吉从屋里出来,把"一吉爆肚店"的招牌戳在地上。

何叔:呦!一吉,你这是钱挣够了,金盆洗手了吗?

赵一吉:从今儿起,我这爆肚店就开在院里了。邻居一律打折。

【大家面面相觑。

赵一平:一吉,别闹了。你能不能有点正事儿。来帮妈抓牌。

赵一吉:我这是大事儿,比打牌重要一百倍。都没意见吧？我数一、二、三,(没等大家反应过来)好,那就全票通过了。

杨建峰:(淡淡的)好啊,这院儿更热闹了。回头我把鸽子都放出来,在院儿里占上地方,都算我们家的。

赵一吉:(乐了)看住了,别掉锅里。

【杨建峰眉头一挑刚要发作,七个大老爷们和妇女跟着就进院儿来了。

长子:(坐着轮椅)问题还没解决呢。

赵一吉:哎我说,你们怎么还跟来了！你们在我店里闹腾我也就忍了,在这儿撒野,我可用笊篱把你们挨个焯出去。

长子:你先别说话。(转向兄弟姐妹们)我不同意。是我的一厘米都不能少。

次子:这么分房是让我住大街去吗？你们还是亲人吗？

次女:喊什么啊？有理不在声高。我看你俩当哥的眼里早就没有这些兄弟姐妹了,都别废话,房子分割完以后,咱们各走各路。

小儿子:大哥大姐,你们的父亲去世得早,这房子当然有你们的份儿。可谁让咱妈再婚了生了我们五个呢。我们五个的爹又不争气,熬不住日子,跑得没影了。现在咱们七个来分这拆迁的七十平方米,说给四套五十平的房子,怎么分,我是想不明白。可要说按人伦天理,我们都是亲的,这房子也都有我们的份儿。

另一个儿子:别跟老大废话,他不仁别怪我不义。老太太够偏他的了!

【其他兄弟姐妹嚷作一团。互不相让。不知道谁先推了谁一把,场面一片混乱。赵一吉热血沸腾地挽袖子往上冲。

赵一平:哎,哎哎,别动手啊你们。要不你们出去打去!

何叔:(站起来跳到一边)呦,别玩了。老太太,我回屋了先。别溅我一身血再。

赵秀贞:都给我别动。这院儿还轮不到外人来撒野。

【赵一和站起身来。

赵一和:麻烦这位大姐,您给我一张纸。

【此女不解其意,但是照做,她从包里拿出个笔记本,撕了张纸给赵一和。

赵一和:刚才我听了个大概齐。这么分,估计分到明年也分不清楚。咱们试试啊。(她找了个高点儿的台阶站上去,犹如找到讲台)这张纸就是这七十平方米。按法律说,房子是去世老爷子和老太太的,一人一半。(对折了一下纸)老爷子去世了,他那一半分三份,分别给老太太、大儿子、大女儿。(在纸的左半页折成三等分)咱们把老太太那边也相应算成三块,(在纸的右半页折出三等分来)现在老太太去世了。她自己的四块要由七个孩子来分,肯定是分不开了。但这么一算,是不是就清楚多了呢?

【儿女们静默了。

长女:我听明白了。谢谢妹妹。(转向自己的一群人)今天在这儿的,都是亲人,是咱妈生的。妈拉扯七个孩子,一辈子辛苦,咱们不能让妈在天上看着着急。除了哥,我最大。并且我有房子住,今天我当着大伙儿表个态:我愿意让出我自己原来那一块,并且我不参与分其他那几块。

【弟弟妹妹没想到,气氛缓和了许多。大家表情各异。

赵一和:(趁热打铁)我敬佩您。您作为家里的大姐,真有老大的样儿。好,那么现在问题解决一部分了,六个人分五块了。不过,还是分不太开啊。(看着长子)

长子:我……我愿意再让出来一块。我腿不好,妈活着的时候很疼我,弟弟妹妹也经常补贴着我。这我都知道。只怪我家里孩子太不争气,一家子日子不好过。这样吧,我少分点儿,也算表示对弟弟妹妹的感谢。

赵一和:太好了。那么问题解决了。

次子:(由衷的)您脑子太好使了。这问题纠结我们好几个月了,今儿幸亏碰见您了。

赵一和:我就是一教平面几何的老师,成天点线面,今儿算用上了。

次子:老板,得罪了啊!拆迁前我们还来这儿吃饭,到时候见!

【子女们下。

赵一吉:解决了?

赵一和:解决了。

赵一吉:(难以置信)就撕张纸?

赵一和:啊。就撕张纸。

赵一吉:这我得给你白吃一个礼拜爆肚。

赵一和:拉倒,别再给我吃吐喽。

赵秀贞:都是拆迁闹的,鸡飞狗跳。一平,去把何叶子她爹喊出来,接着玩。

杨建峰:他可别真碰见事儿,插两根鸽子毛都能飞出二里地去。

赵一平:老何!

何叔:(笑逐颜开地出来)哎,来了来了。(坐下,忽然愣了)

【方小方穿着帽衫球鞋,活力四射,看着就跟个小屁孩似的。进门。

方小方:(向着各位)大家好!奶奶好,叔叔大爷好!(见何叔盯着自己,眼神里有哀求,他一乐;最后向着赵一和)赵主任好!

赵一吉:(不太自信的)管谁叫大爷呢这是……怎么也得叫哥吧?

赵一平:(狐疑的)一和啊,你当什么主任了又?

赵一和:啊,没有。可能是弄错了……(向方小方使眼色)

方小方:没错啊。我去拆迁办了,他们说您在这边儿办公呢,还让我把您新办的工作证儿捎来。

【院儿里安静了。

【赵一和迟疑了一下,从方小方手里接过工作证,一咬牙给戴上了。

何叔:(念工作证上的字)拆迁办公室主任。

【大家都愣了。

何叔:(活跃气氛)一和真能干,在哪儿都出息啊。

赵一和:(硬着头皮)叔,哪儿的话。以后近水楼台,大伙儿有什么政策上不清楚的,我随时给讲讲方便。

赵秀贞:(变色)赵一和,你给我解释解释。

赵一和:(咬咬牙)妈……我停课回家就是做拆迁说服工作来了。您要不搬,我就不用回去上课了。

赵秀贞：我就知道，我姑娘年年先进，关键时候不能落下啊。

赵一和：妈，咱们这片儿都拖后腿了。您什么时候想通了，愿意拆迁了……我的任务就完成一半了。等咱这片儿的邻居都乐意拆迁了，我的任务也就完成了。

赵秀贞：好啊。我闺女出息了。寿桃算什么，今儿这出才是你给妈备的一份儿大礼啊。

赵一和：妈，拆迁是大势所趋，这是政府为咱们老百姓着想，贴钱办大事儿……

赵秀贞：一百多年的房子，这是你老祖宗留下的产业，不能败在我手里。你要还喊我妈，就别再提拆迁的事儿。

赵一和：妈……

赵秀贞：(板着脸)他何叔，该你打了。

何叔：啊，八万……(没话找话)一和啊，老看电视剧说潜伏潜伏的，没想到你也是潜伏的。

赵一吉：我姐是女干部，党员。重点培养对象。

赵一和：别废话，滚一边吃爆肚去。

【赵秀贞啪的一声推倒麻将牌。

赵秀贞：和了。他何叔，拿钱吧。

何叔：(悻悻的)您打牌厉害，教子有方。我们家叶子就当不上这组长。

【赵一和有点尴尬。大家洗牌重抓。

杨建峰:(故意岔开话题)我这鸽子哨儿还行吧何叔。

何叔:(果然转移了注意力)建峰你养鸽子我没意见,可你能不能把鸽子粪都清理干净了?隔三岔五就掉我头发衣服上。

杨建峰:这又不是猫啊狗的,它飞到天上拉屎我也没法在后头接着啊,要不给你个盆儿你试试。

【何叔想发作。

【杨建峰眼睛一瞟何叔,不怒自威……

【何叔忌惮杨建峰,把话咽回去自己生闷气。

方小方:赵主任,我今天好像不该来。

赵一和:来就来吧,该来的早晚得来。

赵一平:(打岔)来了嘿!我这把牌得和个大的。

赵秀贞:(又一次推倒牌)怎么来的,就怎么给我滚回去。

【各人表情。收光。

第四场

【光启。傍晚。赵家小院。墙上又被人写了一个"拆"字,比原来还大。

【赵一平看见了,大惊失色,赶紧用力擦。

【一个跟赵一平年龄相仿的男人在院门口出现,看着赵一平。

赵一平:(往后退几步,端详着被擦得差不多了的"拆"字,差点踩到男人)贾振?

贾振:一平。打电话你不接,我只好来了。

赵一平:(脸色变了)老太太和你嫂子都在家呢,有事儿咱们外头说。

贾振:就这儿说吧。我家老大下个月打算结婚。

赵一平:好啊!大侄子结婚我得去,备上大红包。

贾振:不用拿红包。现在还有可能结不成。所以我来找你。

【赵一平……

贾振:我等着用钱。一平。儿媳妇家要彩礼。

赵一平:贾振,再容我几个月,我没脸所以躲着你。我没辙了。

贾振:没辙想辙,砸锅卖铁。随便你。我儿子得结婚。

【正说着赵秀贞出来了。

赵秀贞:贾振来啦?这阵子也不来家了。有那么忙?怪惦记你的。快进屋一起吃一口。

贾振:姨,我有事儿跟您说。

赵一平:(对赵秀贞抢先说)贾振家老大要结婚!(看着贾振)我妈岁数大了……她不一定能去,我代表。

贾振:对,就这事儿。我还得请一平帮忙呢,碰见难题了。

赵秀贞:一平准能帮。你们从小一起长大,多大的情分啊。

贾振:一平,我也是没辙了……我这一半天还会来找你的。姨,您要能去参加婚礼,我亲自来接您啊。

【贾振匆匆下。高静娴系着围裙出来。

赵秀贞:这孩子,没头苍蝇似的。

赵一平:吃饭吧,妈。

赵秀贞:老三呢?

赵一平：出去找房了，也不能真把店开在院里吧。

赵秀贞：老二呢,回不回来吃饭。

高静娴：一和快下班了应该。她说回来。在外头累一天了,今天给她加个菜。

赵秀贞：还加菜！我看她不用回来了。把加的菜倒了吧。

【赵秀贞径直回屋。

高静娴：(悄悄地跟赵一平)又来气儿了。哎,妈刚才又捧着她那个木盒子发呆呢。不会是老年痴呆前兆吧。

赵一平：别瞎说行吗！

高静娴：那你说这木盒子里放什么宝贝了,碰都不让碰,睡觉藏枕头旁边。里头得有多少存折啊。妈那么重视。

赵一平：多少存折也不关你的事儿。

【赵一和拎着包上。

高静娴：一和回来啦。累了吧！妈等你吃饭呢。

【高静娴拉赵一和下。赵一平有点发愣,不由得叹口气,心事重重跟着下。

【赵一平家中。光启。

【赵秀贞端坐正中。赵一平、赵一和一左一右。高静娴坐在赵一平下首。

赵一平：一和，多吃点。

高静娴：是不是我炒菜不合口味了？吃两口就撂筷子了呢。

赵一和：没有啊，挺好吃的。

赵一平：是不是太累了？

赵一和：有点累。（看看赵秀贞）

【赵秀贞板着脸。

赵一和：今天走了五家。刘姐风湿又犯了，下不了床，我给做了顿中饭。马叔和马婶的小孙子要中考，怕打扰，我就陪他们在院子里晒了会儿太阳说了会儿话。吴大爷不开门，我帮他扫了扫院子，快扫完的时候他出来了……

赵一平：咱不干这活儿了行吗？

赵一和：妈，这是做好事儿，行善积德。要是老邻居们都能有新房子住，有补偿款拿，我觉得自己没白花力气，心里就高兴。

【赵秀贞还是不说话。赵一和走过去，给赵秀贞捶肩膀。赵一平示意高静娴离开。二人下。

赵秀贞：你跟你丈夫最近还好？

赵一和：还行。

赵秀贞：你是我下的崽儿，我能不知道你。他可有日子没来了，电话也没打过。

赵一和：妈，我最近回家住一段时间好不好。

赵秀贞:你要是想我,乐意回来住几天,我欢迎。你要是有什么事儿,趁早解决了,别让你丈夫找上门来堵着门口跟我要人,我可丢不起那个人。

赵一和:您给我选那么个丈夫,我听您的。现在该您接着我了。

赵秀贞:(沉默半晌)他在外头有人了?

【赵一和顿了几秒,点点头。

赵秀贞:(满地找鞋)我现在就去打死这个不要脸的玩意儿!我的女儿下嫁给他那么个外来户,他还七个不乐意八个不乐意的。

赵一和:妈,他压根就没喜欢过我。他说我在家也像个小学老师,可他不是小学生。他说他受够了。

赵秀贞:那你喜欢他吗?

赵一和:(绝望地)不。

【赵秀贞愣了。

赵秀贞:我以为你是自己愿意的。

赵一和:我觉得您喜欢他,我选了他您能高兴。我爸走得早,您一个人拉扯我们兄妹几个已经够不容易的了。我不愿意让您难过。

赵秀贞:(按捺着)那我要是同意拆迁了,这房子没了,你住哪儿呢?

赵一和:那我就去住学校宿舍。

赵秀贞:(掀翻了装瓜子的盘子)你可真有出息!

【赵一平和高静娴闻声推门进来。

赵秀贞：你妹妹都要离婚了还不忘了拆迁，我生这么个闺女脸上有光啊！

【高静娴把赵一和拉出门。

高静娴：一和，离婚不是小事。咱们得商量商量是不是。这两口子过日子，哪有饭勺子不碰锅沿的。说离就离，那不是天下大乱了。

赵一和：嫂子，我的情况……跟你们不一样。

高静娴：好歹你嫁到梁下，吃穿不愁。我娘家在梁下，可你哥是长子，得养老太太。嫁到梁上，这些年没少吃苦。垃圾都倒在大门口，冬天冻成半人多高的冰坨子，人在上头走，摔一跤隔着冰都觉得是蹭了一身屎尿。夏天苍蝇到处飞，赶上下雨，门口就是烂泥塘，得没过半条腿去。这日子我真过够了。

赵一和：我知道你们不容易。不过咱们梁上的人家也有盼头了，好日子在后头呢。

高静娴：是啊，我觉得拆迁是好事。住楼房多敞亮，上下水多方便！我不像你妈和你哥，老脑筋不变通……再说这远的香近的臭，老在一起也不见得好。将来搬了楼房，楼上楼下住着也很方便。现在讲和谐，我觉着这样最和谐。

【赵一和不知道高静娴到底想说什么，只好笑笑。

高静娴：就因为梁上条件差，军军外出打工三年了,也没有要回来的意思。我和你大哥岁数也不小了,心思也比原来重。我老是担心他在外头照顾不好自己,不如在身边踏实。不过现在有盼头了,等拆迁了,军军回来也有地方住了。一和,嫂子带头支持你工作!

赵一和:谢谢你,嫂子。

【赵一平从里屋出来。

高静娴:都是一家人应该的。呦,怎么又变成说我自己的事儿了。一和,我是想说,老话说嫁鸡随鸡,听着不太好听,可确实是这么回事。你岁数也不小了,离婚了再找,就像买彩票,花五千也不见得能中五块十块的。

赵一和:嫂子,我自己的事儿我自己能做主。

高静娴:呵呵,一和啊,你回来住两天,嫂子也欢迎。家里多了一口人也热闹。时间长了,也不太好,你丈夫还以为娘家拦着不让你回去,到时候找上门来说些难听话,再气坏了妈。当然了,我知道,你肯定不是为了分一份房子才回来的——

赵一和:嫂子,你放心,我就算离婚了,拆迁前户口也迁不回来,分不到你们的房产。

【赵一平气得把手里的碗摔了。

赵一平:高静娴你混蛋你!

高静娴:(没有想到赵一平竟然骂她,愣住了)你骂我!

赵一平:我,我就骂你了!你怎么跟一和说话呢!

高静娴:赵一平,我怎么说话了?我说的哪句不是为了咱们这个家,为了你儿子!

【赵秀贞出现在门口。

赵秀贞:(慢悠悠)静娴啊,我想问问你。你眼神好,看没看见那个拆字。

高静娴:啊,拆字啊……后来不是被洗掉了么。

赵秀贞:我说今天新写的那个。

高静娴:没看见啊……是那叫方小方的小伙子来写的吗?

赵秀贞:外人我借他十个胆子!家贼难防啊。

【赵一平和高静娴同时一惊。

赵秀贞:静娴,我睡午觉的时候,是睁着眼睛的,你那点小动作,瞒得了一平可瞒不了我。

【高静娴呆住了。她委屈地哭了起来。

高静娴:(边哭边豁出去地数落）您就是不信任我啊。这么多年了,我上上下下里里外外地忙活,一日三餐鸡零狗碎地管着,我还得怎么着啊!我这福气真大啊,婆婆从年轻时候开始就强势,儿女们见了就哆嗦,生怕哪句话说错了挨骂。嫁个老公过日子三脚踹不出一个屁来,我为这个家说句话,他倒把眼瞪得比牛眼还大。小姑子忙工作,顾不上娘家。没关系。小叔子开销大,入不敷出挣一个花俩,还要靠下岗的大哥接济,成天换车烧钱。没关系……反正我跟赵一平也不是两口子了,我这就收拾收拾回娘家去!

【话一出口大家全傻了。高静娴也傻了。

赵秀贞:一平!你给我解释解释,什么叫不是两口子了?!

【赵一平……

高静娴:(一看赵一平懦弱的模样又来气了)看你那烂泥扶不上墙的样儿!我说!我俩在知道这片儿要拆迁的时候,就去办了离婚手续了。这样拆迁的时候能多套房,给儿子将来娶媳妇用。

赵秀贞:(气得直哆嗦)你俩是真行啊!我要是个软柿子,还不被你们给捏烂了啊?真是愧对祖先,愧对啊。你们谁不想在这个家待就给我滚!永远别进这个家门!

【一听赵秀贞动了真气,高静娴反而不闹腾了。
【赵秀贞忽然有些凝神……
【她的幻觉中出现了小男孩和小女孩银铃般的笑声。

赵一和:妈……

赵秀贞:(回过神来,摆摆手)……没事了,我想歇一会儿。

【赵秀贞缓缓走进屋。高静娴委屈地抹着眼泪回屋了,赵一平叹着气,自己踱出院外溜达去了。

【赵一和坐在台阶上发呆。鸽哨声。

【杨建峰从外面回来,看见赵一和。

杨建峰:你怎么了?

赵一和:你说鸽子飞那么远,能找着家吗?不会迷路吗?

杨建峰:它记得家。家就像一块磁铁,不管它飞到哪儿,都能找回来。

赵一和:是家里有人等它吧。惦记着,就忘不了路了。

杨建峰:你看起来特别疲惫。

赵一和:我好像找不到路了。(哽咽)就像是个陌生人……北梁也是我的家啊,可它不记得我了。梁下那个家也快不是我的了,我不知道自己去哪儿才对。(哭出声来)

【杨建峰手足无措地想安慰一和,却仿佛有千斤重量在坠着他的手臂,他只能默默地坐在这个他童年起就喜欢的姑娘身旁,看着夕阳沉没,命运让他们擦肩而过,向着不同方向走去。

【夕阳西下。一和啜泣着,建峰陪着她。就像是一个永远都说不出口的神秘誓言。

【光渐收。

第五场

【光启。傍晚。何叔家。

何叔:小方啊,你也不算外人。我呢,是坚决不想搬的。何叔看你人不错,又是叶子的同学。说什么也得支持你工作啊!所以呢,何叔想争取个优惠条件。能行的话我立刻就搬。

方小方:您太通情达理了!您说的话算数吗?

何叔:何叔吐口唾沫那就是个钉!

方小方:拉钩。您说话要不算数……

何叔:我就是孙子。

【方小方伸出手,何叔被迫跟方小方拉钩。

方小方:就这么定了。对了,您房子外头最近新砌的那个粮房,没法算面积。

何叔:谁说的!那是我一直用着的!

方小方:我第一次来的时候,砖头里的水泥还没干透呢,我手欠去挪了两下,砖都歪了。

何叔:那是下雨下的!

方小方:叔,你心里明白,拆迁是好事儿。国家有政策,也有标准。这不是您一户的事儿。得拿同一把尺量。要不好事儿能变坏事儿。您说是不是?

何叔:我家有特殊情况。我闺女要结婚。男朋友都来家了。

方小方:……

方小方:(懵了)跟谁啊?

何叔:(胡诌)青年才俊!在政府机关工作,家世好长得精神。到时候肯定请你来喝喜酒。你抬抬手,帮我们一把。反正国家给补钱,也不从你兜里掏。

方小方:叔,是不从我一个人的兜里掏,是从千千万万上班儿干活儿赚钱养家的纳税人兜里掏。

何叔:我又不认识那些什么纳税人。

方小方:您认识何叶子吗?认识我吗?这么说吧,好比说原来需要一百块钱,你多拿十块,他多拿二十,最后变成几千几万,都这么干,就变成一个大坑,纳税人稀里糊涂多掏了各种冤枉钱,这里头没准还有何叶子的有我的,都填坑了。

何叔:你别跟我说这些大道理。那我就该住几十年十几平方米的破房吗?低保那点儿钱都不够我看病吃饭的!

【何叶子拎着东西进门。

方小方:那您为什么天天在家待着呢?上午二两烧卖下午打麻将,我觉得您挺享受这种生活的啊。

何叶子:方小方你怎么跟我爸说话呢!知道你是来劝拆的,那也不能这么聊天儿。

何叔:叶子。你让他说。他说的对。说的对啊。我脸皮厚。我在我姑娘面前丢人。可这是个机会啊,要是抓不住这次,我这辈子就没机会为我姑娘做点什么了。

何叶子:(懂事儿地打岔)爸,咱吃饭吧。一吉哥家的爆肚。你最爱吃这口。

何叔:我就这么大能耐,就知道哪儿的爆肚好吃,哪儿听二人台地道。一辈子没挣着钱,身体还坏了……我姑娘打小不敢让同学来家,因为没地方坐没地方待的,她长大成人了,到现在也结不上婚,都因为我没本事,就住这么间房,睡这么个破炕。有个顺口溜,跟唱歌似的。说这梁上的人家,污水基本靠蒸发,垃圾基本靠风刮,冬天冰上来客,夏天水上人家。我姑娘没嫌弃我,可我不能耽误她一辈子啊。

何叶子:(微笑抚慰的)爸,你别说了。我妈扔下我走了,你一个人把我拉扯大,我心里明白你有多不容易。没你就没我。我替同事加班,补贴都攒着呢,都攒了两千块钱了,你老得打胰岛素,我想给你买好点儿的药……

方小方:对不住了何叔,我不该戳你心窝子。我也不是唱高调。可我觉着,要是不讲公平公正,拆迁这件事就没法进行下去。

再说,您从何叶子小时候就教育她,当个对得起自己良心的人。何叶子说过好几次,我印象特别深……

何叔:就当我的良心喂狗了吧。这之前你是我闺女的小伙伴,再往后咱们就不用念什么旧情了。你是政府的人,我是一团烂泥。咱俩走着瞧。叶子,把门打开。

方小方:叔,对不起,你别生我的气。你是长辈。我不该这么说。可这忙儿我真帮不了。只要不是这件事儿,别的我都帮。(从兜里掏出钱放在破桌子上)

何叔:你这什么意思啊?

方小方:我自己一点心意。

何叔:别,叶子,快把钱还给他。咱们不用人可怜。我平生不愿意欠别人的情。

方小方:何叶子要结婚了,这算我的份子钱……(失落)

何叶子:(懵了)我跟谁结啊?

方小方:(明白过来,高兴的)呦,叔,没想到您老还挺顽皮的……

何叔:咳咳。(掩饰地咳嗽)

方小方:叔。我想明白了。第一,我一定协助您顺利搬家。第二,我想告诉您,我喜欢何叶子,我要追她。

何叔:(傻了)……

何叶子:我可没工夫陪你瞎胡闹。

何叔:这都什么乱七八糟的。

方小方:叔,您刚才可说要支持我了。咱俩可拉钩了。您定个时间,我来帮您搬家。

何叔:我不搬!

方小方:拉钩儿时候怎么说的来着。您肯定不愿意当孙子,我也没法当您爷爷,这辈分全乱了也不好。

【何叶子扑哧乐了。何叔要脸,没法再胡搅蛮缠。

何叔:我……得选个黄道吉日。最近日子都不太好。

方小方:(见招拆招,从手机里当场调出皇历,指给何叔)这个简单。您看,咱们现在有高科技了。这礼拜有两天都是黄道吉日。下周也有,下下周还有。您挑一个。我陪您去选房号。

何叔:再说,再说啊。这搬家可不是小事儿。(又生一计,指着炕上那几盆野草野花)你看看,我这几盆花养了好些年了,出身那是相当名贵,必须找好车来拉。弄坏了你赔不起。

方小方:(一拍大腿)就这么定了。我协调厢式货车。把您的好东西都踏踏实实放好了,叔,还有什么?

【何叔没话说了。

方小方:叶子,那今儿我就不喝了,你替我陪何叔喝点。我还有别家要去,咱们回头见。

【方小方从何叔家走出来,碰见等候多时的赵一平。

赵一平:那个,小方啊。

方小方:一平叔啊,您说。

赵一平:(看看四周,悄声的)要是不要房,能补钱吗?

方小方:能啊。

赵一平:那你给叔算算,能补多少钱。

方小方:您家房子大,回头您把房本找出来,我按那上面的数给您合一个。

赵一平:要是房本找不到了,能办手续吗?

方小方:呦,那没法办。您房本没了?

赵一平:有,有。东西太乱,我再找找。谢谢你啊……

【赵一平心事重重地走了。方小方看着他的背影,下。

【杨建峰家。光启。

【杨建峰腿有点瘸,一拐一拐进屋。

【剑锋家床上摆满了五颜六色的纽扣。

【媳妇马真真正辅导闺女点点学习。

马真真:都初一的孩子了,就这么个"拆"字儿,老写错。记住最后那一点,你就把它当成是拆房子用的铁锹……

杨建峰:辅导就辅导吧。老提拆房子干什么。

马真真:多好的事儿啊。快拆吧,我天天盼着一睁眼住新房子呢……你腿怎么了?

杨建峰:没事儿。有个客人天黑了往梁上走,别人都不爱拉,我想早点回来陪你们,也顺路回家,结果路上路灯坏了。摔了一跤。

马真真:(翻出药酒,心疼地给杨建峰擦脚踝)峰啊,你听我一句吧,别再拉黑活了,你是一家之主,要是出点事儿,让我们娘俩怎么办啊。

杨建峰:我不多拉几个活,咱们三口吃什么。你开店卖扣子,赚那仨瓜俩枣的。纺织厂多少人下岗了,赵一平在家待着五脊六兽的,他们都不做衣服了,你扣子卖谁去,往哪儿钉。

马真真:我做的也不光是北梁人的生意,包头、呼市那么多人,谁不穿衣服,谁不系扣子啊。我的意思是,你可以找份稳定点的工作啊。你以前不是在果酒厂干过安保员吗。

杨建峰:果酒厂早倒闭了。能找我不早找了吗,我没一技之长,也没上过大学,我能怎么办?

马真真:上过大学的有什么了不起啊,他们也不一定能找到工作呀!你这么聪明,肯定找得到。

杨建峰:(烦躁的)行了,你别瞎操心我的事儿了行不行?我拉黑活碍着谁了,一趟一结钱,多干多得,挺好。

点点:(懂事地打岔)爸爸,咱们是不是快要搬新家了。

杨建峰:(慈爱地抱住点点)我得要套又大又新的房子,咱们才能答应搬。到时候,爸爸给点点一个独立的空间,一间阳光充足的屋子,给咱们家买一个抽水马桶!好不好?

马真真:(若有所思的)建峰,你说怪不怪,这墙上的"拆"字今儿又出现了,我出门前看见的。真邪门了,人来人往的。居然没人看见是谁干的。

杨建峰:(事不关己)没写咱家墙上,管那么多干吗。就你事儿多。

马真真:(看着杨建峰)我怎么叫事儿多了。峰,赵奶奶对咱点点不错,平时咱俩管不上,帮着接送上下学,有时候还在人家家里跟着一起吃饭。你就算对她有意见，可也不能在这裉节儿上干这么没意思的事儿吧。再把老太太气个好歹，这不是落井下石么。

杨建峰：(愣了，脸色变了)……你瞎嘟嘟什么呢！

马真真：(不服气)我可没说是你写的，你心虚什么啊。你最近这股无名火不知道从哪儿来的，是看我不顺眼吧。我倒发现，一和姐一回来，你眼睛就亮了。自从嫁给你就觉得你心里有事，从来也不跟我说。平时整天在家就发愣发呆，要不就看着鸽子高兴，跟我也没什么话。你也从来不提你父母，就说去世了，可清明节也没见你去看过他们。你是石头缝里蹦出来的？我倒真盼着这老房子全拆了，还不知能从这地底下刨出多少秘密来！

【杨建峰摔门出。他发现一平躲在角落里，手里拿了瓶喝了一半的二锅头。杨建峰吓一跳。

赵一平：(含含糊糊的)建，建峰来啦，我等着逮偷摸往我们家墙上写字那小子呢。

【杨建峰看他一眼，拿过一平的酒瓶子，自己干了一大口。

【赵一平醉醺醺的，从兜里掏出烟，给建峰递烟。

【杨建峰却像被针扎了一样往后躲。马真真追出来，看见杨建峰和赵一平在一起，犹豫了一下，躲在暗处。

【赵一平一反平时的谨慎憨厚,他大大咧咧地拉着建峰。

赵一平:(呵呵笑起来了)建峰啊,我给忘了,对不住啊……你就是特别可惜……你要是没那么个爹,从小往你脸上喷大烟,你也不会染上那毛病……你要是健健康康的好人儿,现在有份好工作,你跟我妹妹一和,没准就走到一起了……

【建峰眉头已经拧成疙瘩要发作了。

建峰:我要不是看你喝多了,我就打你了。你闭上嘴能死啊。

赵一平:(出人意料地开始倒自己的苦水)能。我快死了。我要不找人说说我真快死了……今天家里出大事了……不是我要离婚的。是我老婆,哦,她现在不是我老婆了……我妈今天气得心脏病犯了……她和我是假离婚,为了拆迁之前分户,到拆的时候能多分房,多分钱。我不乐意!但她就跟我闹腾,天天闹。我没法子就同意了……我俩人现在已经在法律上不是两口子了!不是!

杨建峰:你快回去歇着吧,我搀你回去。

赵一平:我不回去……我现在打心坎儿里不想拆这房子……因为……房本没了。

【杨建峰吓了一跳。赵一平说完这话自己也吓得酒醒了。他怔怔的。

赵一平:我什么都没说吧?

杨建峰:没说……我没听见。

马真真(愣愣地站在他们身后,干干地)我也什么都没听见。

【令人尴尬的沉默过后,马真真张大嘴哭了起来。

【光收。

第六场

【光启。一周后。赵家小院。傍晚。

【何叔把地上全占满了,一地的花盆和瓶瓶罐罐,还搬呢。何叔看看表,往门口张望。幕外方小方的声音:"何叔!在家吗?"何叔蹑手蹑脚闪到屋里。

【方小方一进门就踩一瓶子上了。

何叔:(时不我待,从里头奔出来)呀!我的瓶子破了!造孽啊!这瓶子宋朝传下来的,官窑,我们家传家宝,值二百万!

【方小方哭笑不得。

方小方:何叔,您别闹了。宋朝的瓶子是这样的么?我看您这图案倒还真眼熟……特像动画片《白龙马》。还咧嘴乐呢。

何叔:你太狠了吧,还没过河就拆桥啊。好啊,来吧,来把我的家当都砸了吧!这一院子的宝贝,就算是住得再差,我都不舍得动它们。结果被你给!

方小方:何叔,镇静,您镇静。我给您买个新瓶子,行吧?再送您一套紫砂茶具怎么样?

何叔:七十万。我给你打个折。一次性赔偿。

方小方:何叔,咱爷俩聊聊。不带这么讹人的。

何叔:二十万。不能再降了。

【方小方……

【何叶子进门。

何叶子:怎么了爸,这一地的破烂。上次那些南方人推车来卖的破瓷器,这次收拾收拾一起处理了吧。

何叔:(对何叶子使眼色)……这都是咱家的传家宝,你别乱说话。

何叶子:传家宝……(对方小方)这一堆二百块钱,你拿走。

方小方:这价格合理。

何叔:叶子你个糊涂孩子,这瓶子是宋代传下来的,我没跟你说过,是你爷爷亲自留给我的。

【何叶子……

何叔:叶子,你是我亲闺女,你得给我作证。不然我看这孩子砸了我的瓶子还要把我送进去蹲几年。

方小方:叶子,我相信你。你说,我就信。

何叶子:(违心的)我记错了。这只瓶子应该是家里一直留着的。不是南方人推车来卖的那一批。

何叔:(松了口气)怎么样,怎么样!

方小方:叶子,好啊,那你说我赔多少钱合适?

何叶子:不用赔。这事儿我能做主。

何叔:叶子!

何叶子:小方你给我爸道个歉就完了。你也不是故意的。碎就碎了。(对何叔)爸,要是我在外面也闯了祸,人家也来为难我,你肯定会很难过的是不是?

何叔:那倒是。

何叶子:对啊!那这事儿就这样了。

何叔:叶子你糊涂啊你,你还没结婚,我得给你留套房。爸没让你过上好日子,怎么也得给你备份好嫁妆啊。瓶子不赔不行!

何叶子:您要再这样我就不回家了,您也不用操心我住哪儿,我住车站大厅去!

何叔:叶子啊……别生气啊……你看你还从来没跟爸爸发过火儿呢……

【赵秀贞出来了。

赵秀贞:这动静,我以为是要动手呢。(看见这阵势,问何叔)呦,您这是要搬啊?都开始收拾家当,晒上家底儿了。您拿了多少拆迁费啊?

何叔:没有,没拿到。看您说的……

赵秀贞：我们家墙上这字，是不是您给描上的啊？您是不是要带头拔掉我们这钉子片区啊？

【何叔慌了，赶紧打马虎眼。

何叔：绝对没有的事儿。看您说的，别说这么干，我要是有这种想法，我！

方小方：赵奶奶，是这么回事……我有个朋友爱鼓捣点老物件儿，我托何叔给找，何叔是真办事儿，找了这一地的罐子……

赵秀贞：谁也不用帮他抹稀泥。我长眼了。我观察分析不是一天两天了，这拆字，一准是他写的。阳奉阴违，勾结外人，分裂邻居。

何叔：(面红耳赤)我！我！

赵秀贞：听听！都承认了！

何叔：承认什么了我！

方小方：(嬉皮笑脸)赵奶奶，这拆字其实是我写的。

【众人都惊愕地看方小方。

方小方：(气定神闲)我练过书法，看见好墙手就痒痒，您看我这字跟您家这院墙这牌匾多么的契合。

【杨建峰捧着只死鸽子，带着哭哭啼啼的点点，上。他把鸽子捧在手里。

杨建峰：老何我告诉你，别暗里使坏，你冲着我来！这院就你看我这鸽子不顺眼，我还告诉你了，我就养鸽子,鸽子比人厚道。你那点心眼我还不知道,先把我鸽子弄死,再把我们撵走,你好再私搭一间出来,拆迁多分房!

【眼看着所有矛头都指向自己,何叔有口难辩。

【赵一平赶紧出来和稀泥。

赵一平:这没凭没据的事儿,可不能乱说。

杨建峰:我有凭据。就冲他自私自利加煽风点火那劲儿!

高静娴:(冲着赵一平话里有话)有些人心里想的什么,连身边的人都不知道。

杨建峰:(扫视一圈大家,发狠地把鸽子摔在地上)今天大伙都在,每个人都听着。我是有前科的人,保不齐破罐儿破摔。谁要是再弄死我一只鸽子,我就弄死他。

【大家都噤声了。

何叶子:赵奶奶,叔叔大爷们,我爸他不是那样的人。我知道他心里想什么。从小院要拆迁开始,他就像变了个人,他是为了我……爸,我有手有脚,我能养活您,咱们的日子肯定能越来越好。要是嫁不出去,我就一直跟着您伺候您!(冲着大家)我爸要是冒犯了大伙儿,我替他赔个不是!(深深鞠躬)

赵秀贞:(长叹一声)咱们这小院不安生啊。孩子,没你的事儿。怪只怪大伙儿一人一个心思,眼窝子浅。有话不怕说在明面上,藏着掖着才生事儿!老大,你把房本给我收好了。甭管谁写多少个拆字,这老房子是我祖辈留下来的基业,是政府承认的财产,没我的同意谁也拿不走!

赵一平:(喏喏的)啊,啊。是。

赵秀贞:(看见一平这种面了吧唧的态度更为恼火)你这个面瓜!去,把房本拿来,我天天放身上,让家贼外贼都断了这个念想!

【赵一平不动,下意识看看高静娴。高静娴也正瞪着他。

赵秀贞:(误以为是静娴撺掇一平不拿出来,矛头指向静娴)老大媳妇,你看这事儿怎么办好?老大等你发话呢。

高静娴:妈,您说怎么办就怎么办,老大什么时候能听我的,我才是烧了高香了。

赵一平:(心一横)……房本丢了。不关静娴的事儿,是我弄丢的。

赵秀贞:你!你这个败家子儿!(扬手欲抽赵一平)你,你给我说实话。我不相信你这么仔细的人能把这么贵重的东西给丢了!

赵一平:(像革命者一样咬紧牙关梗着脖子)……

【赵一吉头上绑个带子,带着扛摄像机的两小伙子冲了进来。

赵一吉:大伙儿都在呢!这二位是电视台记者,今儿就是来报道咱们这儿是怎么被强拆的!今晚就上电视!北京的爆肚儿申请非遗了,咱北梁也得申哪。今儿我代表爆肚儿界的传承人,为广大爆肚儿爱好者代言!我的店已经挪到家门口了,我有权捍卫我的产业!

【小伙子们到处找能放脚架的地方。开始支摊儿。

【赵一和紧跟在后面追来,企图制止,她身后跟着贾振,一见贾振,赵一平下意识想躲。但贾振有备而来,他扬了扬手中的信封,赵一平紧张得张大了嘴。

赵一和:记者同志,你们先别拍……老三,你无理取闹,火上加油啊你!(照着赵一吉后脑勺来了一下)

赵一吉:拆迁办工作人员殴打居民!快拍!

赵一和:老三你疯了是不是!我揍死你我……

赵一吉:别看你是我姐,在原则问题上就是不能退让!

杨建峰:老三,你别人来疯好不好?

赵一吉:这是我们家务事,轮不到外人插嘴。就算我姐真离了,你也没法儿当替补!(建峰顿了一下,压火儿)二姐,你现在胳膊肘朝外支楞得厉害,自己家庭问题还没解决好,倒操心起大多数人来了,为了自己的仕途,连亲妈和亲老公都不顾不要了,你真冷血啊你。

【建峰上来就要揪赵一吉脖领子。

马真真:(拉着点点,冷冷的)杨建峰你手伸得太长了。管好你自己吧,咱俩的事儿还没整明白呢。

贾振:(拆开信封,亮出房本)一平,咱俩发小这么多年,我自问也仁至义尽了。赵大妈,各位街坊老少爷们儿,赵一平欠我四十万!

【大家都惊呆了。

贾振:借钱的时候他把房本押给我了。说是一年能还,现在一年多了一毛钱动静都没有。这四十万能还,房本物归原主,还不了,我只能拿房本去办拆迁了,拆出来的钱多退少补。我就要我那四十万给儿子娶媳妇!

【大家面面相觑。

赵一和:大哥,你说说这到底怎么回事吧。贾哥今天来找我,我一看,这不是咱们家房本么?

赵一平:我没本事。不管当儿子,当爹,当丈夫,都窝囊。我不甘心。看着人家活分点儿的,都找着来钱的道儿了。我想赌一把。钱我买大车了,买了五辆……本来想拉煤挣钱,让老的小的过上好日子,我脸上有光。现在全国小煤窑挨着个出事,都歇业查封了,车停得快烂了,就是全卖了也还不上钱,拿不回房本。好了,都说完了,要杀要剐冲我来吧,我也不想活了。

高静娴:(欲抽丈夫)赵一平啊赵一平,人说蔫人出豹子,你这个不争气的东西!

【场面眼看失控,赵秀贞反而镇定了。

赵秀贞:(声色俱厉地呵斥道)儿子是我生的,还轮不着你来教训。有什么事家里说,别在外头散德行!都给我回去。(看着贾振)你的钱,我们想办法还上,房本给我收好了,回头你给赵大妈送回来,大妈谢谢你。

【赵秀贞径自回转,往屋里走去。她忽然脚下一软。赵一和想扶她。被她止住。她慢慢走下去。

【光收。

第七场

【光启。三天后。

【何叔家。

【何叔躺在床上哼哼,脑门上搭块花毛巾。

【方小方旁边熬药,跟儿子似的。

何叔:你甭装好人,我不吃你这套。

方小方;不吃我这套没问题,您得吃医生这套。来,药熬好了。

何叔:我的那些瓶瓶罐罐就这么没了?

方小方:那您还想怎么着?您思路还挺活跃,琢磨出无照摆黑摊来了,前几天没扣您那是运气。扣着您那是概率。

何叔;(有气无力的)还要罚我的款……

方小方:我给您交完了。

何叔:(傻眼,猛地坐起两眼发直)……交……谁让你交的!(拍打床帮)……多少钱?

方小方:等病好了再告诉您。

何叔:(颓然倒下)完了,我最怕欠人家的情。这可不是我让你交的!

方小方:得,我乐意帮您交。您踏实养病吧。我替您出这钱了,您要是再去摆黑摊被扣了,可得连本带利还给我!

何叔:不用你替我出钱。我攒钱还你。

方小方:您不是还让我赔您二十万呢么。

何叔:(绝望的)……不,不用赔了。那是我在批发市场买的瓷瓶儿。二十。我知道我就算把自己撕了,也就值这二十。

【一个风韵犹存四十来岁的女人,戴着墨镜,在门口探头。她衣着和装扮能看出生活优越。

女人:请问,老何在家吗?

何叔:(身体都僵住了)小方,快去帮我把门关上。

【女人站在门口不动。

方小方:(猜测着)您意思是把这位阿姨关外头?还是让她进来,我从外边把门关上?

【女人只是看着何叔。她摘掉墨镜。

何叔:(气馁的)你还是来了。我那天远远看见你,就知道你还是会上门来……我希望这一天越晚越好。(坐起来)我的鞋呢……

方小方:鞋在这儿呢何叔。

何叔:(看看自己开裂的拖鞋,一脚踩住另一脚)那什么,坐吧。

【女人环顾四周,并不坐下。

女人:叶子呢?

何叔:给我买药去了,这就回来。你坐啊……啊,不脏,有点浮灰……要不,我给你擦擦……

女人:不,不用。我坐。

【女人坐下。

何叔:(搓手)喝点开水。

女人:别忙了。

何叔;小方啊,这是叶子的妈妈。吴洁。你叫阿姨。

方小方:(惊讶继而兴奋,殷勤起来)啊……阿姨这么年轻漂亮!我是叶子的同学!我叫方小方!阿姨您喝热水还是茶您吃冰棍儿吗?我去买!

吴洁:我就跟老何说几句话。叶子不在也好。

方小方:(知趣)我去买冰棍儿,迎一下叶子。(下)

【吴洁和何叔沉默着。远处隐隐传来二人台《双山梁》。

何叔:挺好的?

吴洁:挺好。你呢?

何叔:好啊。

吴洁:叶子呢……

何叔:你还惦记着叶子?

吴洁:我老梦见她,有时候也梦见你。

何叔:二十年了。多快啊。一晃儿就过,叶子刚生出来就这么一点大,跟个睁不开眼睛的小猫似的。现在长大了,出息得好看着呢。在车站工作,卖票……虽然不是什么出头露脸的工作,女孩儿吗,稳稳当当的挺好。

吴洁:我知道……我在车站见过你送叶子上班。我没敢认你们。没脸。

何叔:你别这么说。叶子是你闺女。这是血脉相连的事儿,一辈子变不了。

吴洁:谢谢你……老何……

【何叶子拎着药进来。

何叶子:您又起来干什么,好好躺着就不行!……

【吴洁看见何叶子,站起来,想上去抱她,又似乎迈不开步。

何叔:叶子,抱抱你妈。她回来看你了……

何叶子:爸,您别开玩笑好吗。

吴洁:叶子,是妈妈回来看你了……

何叶子:(后退几步,内心显然剧烈震动)不,我不认识你。

【吴洁……

何叔:叶子!不听话!

何叶子:(客气的)我没妈。阿姨你坐吧,来家里就是客人。

【吴洁哭了。

吴洁:对不起……

何叔:叶子,你混蛋!

【方小方上,听见何叔断喝,不敢进屋,坐门口了。

何叶子:(脸煞白)爸,我从小是您抱着东家一口西家一口混饭混大的。从懂事儿开始我就知道,我妈跟人跑了。那是小朋友跟我打架,把我推倒在地上时候笑着说的。开家长会从来都是您去,我早就习惯了没有妈妈的生活,我觉得我不需要一个突如其来的妈妈。

何叔:叶子,爸养了你不假,可你妈怀胎十月生了你,一样不易。你妈她为你吃过苦。这就是恩情,闺女。小花小草都有根儿,你得知道你的出处。

吴洁:老何,你给了我们娘俩儿两条命。当年要不是你在长途客运站看我呆坐一天,下班儿后跟我到大桥边上,最后把我救下来,我和肚子里的叶子早就没了。我嫁给你,是想报答你。我当时真是那么想的。你是这世界上对我最好的人。可日子一安定了,我心里就飘了,长草了……我对不住你。

何叔:说这些干啥。你走了,我倒踏实了。我心里老琢磨着,这好事儿咋能都让我一个人占了。娶个天仙儿似的媳妇,抱个粉团儿似的闺女,我老何不就是个车站的安检员儿吗?福气太大我受不住啊。跟你结婚以后我天天嘀咕,老觉得这梦早晚得醒。半夜睡不着我就想,你气色一天天好了,身体也调养过来了,你想去哪儿,我就高高兴兴送你走。

何叶子:(受刺激)好,你们一个愿打一个愿挨,我管不着。我就想问问,你要真是我妈,这么多年,你为什么不回来看看爸,看看我?

吴洁:我离开的时候心里想,等我日子好过了,我一定回来。

何叶子;你现在有钱了?

吴洁:算是吧。我又结婚了,现在这个人生意做得很大,对我也不错。他喜欢孩子……但生不了。

何叶子:(讥讽的)爸,咱们可以搬家了。有人送钱来了。你特高兴吧?

【尴尬的静默。

吴洁:你开个价。多少都行。我都答应。不够的话我想办法。

何叔:你这次回来就是想把叶子抢走,我知道。

吴洁:这么些年你太累了……看见这个家跟二十年前我离开的时候差不多,桌子旧了,茶壶茶杯都没换过……我心里揪得慌。

【何叔猛的站起来,欲言又止,却最终无力地坐下。

何叔:你能给叶子一套新房子么?

吴洁:我能。我给她买一套房子,写她的名字。

何叔:好。说定了。给她买张漂亮的大床。让叶子自己挑,她知道她要什么样儿的。

吴洁:好。一定。

何叔:(有气无力地挥挥手)叶子,你过来。

何叶子:爸。你是要把我给出去了对么?大家各过各的好日子……她拿钱赎罪了,我也能住上新房子了。那你呢?

何叔:叶子啊,我今天以前想的都是特别现实的事儿。你看爸胡搅蛮缠撒泼打滚,跟人家方小方耍混蛋……爸昧着良心干这些,就是私心闹腾的,我想让你过上好日子,能在所有人面前骄傲地拍着胸脯说,看,闺女,我养的,聪明漂亮走正路,日子过得不算差!可现在忽然全解决了。我一身轻啊。叶子,我怕你妈回来带走你,可我又明白,你得去过好日子,你要是过不上好日子,我这二十年不是白活了吗?

何叶子:(哭了)你们别逼我了。我走还不行吗!

【何叶子低头冲出门去。

方小方:(尴尬的) 我不敢进来……冰棍儿快化了。

【何叶子狠狠瞪了方小方一眼,欲冲下。

何叔:(和吴洁一起追出来)叶子!

【方小方拦着何叶子。

何叔:叶子,你别走。你小时候就老问你妈在哪儿,爸撒谎编故事都理屈词穷了……现在你妈回来了,你从此是有妈的孩子了。小方,我尽快搬走!叶子,将来爸住新房了,也给你买张新床。你有空了回来看看爸就好。啊。

何叶子:(挣脱方小方)我不!(跑下)

【方小方二话不说冲着叶子的方向就追下去。

【方小方追上了何叶子,他毫不客气地抓住何叶子胳膊。

何叶子:你干吗,放开我。

方小方:我都听见了。你摔什么脸子啊?谁欠你的了?你妈有权利追求自己的生活,就像你想要一张新床一样。你从小就得到你爸更多的爱,他没钱但是愿意为了你拿出自己的所有包括脸面,你没比别人少什么!

何叶子:你凭什么教训我啊?我第一次请同学来

家里,就被他们背后嘲笑了好多年。咱俩不一样。你含着金勺子出生,父母捧着护着,从来就不知道我们梁上的日子是怎么回事。

方小方:我知道。我跟你说了,我是自己要求来这儿的。中学时候我偷偷跟着你放学回家,猫在邻居家房顶上,看你在院里跳皮筋,给何叔买酒。有坏小子截你,扔石头把他砸跑了的人就是我。我都知道。

【何叶子……

方小方:叶子,有很多人都喜欢你。咱们班男生有不少都夸你可爱、自立、不娇气。那会儿太小,还不懂那么多,我欺负你也是为了接近你,跟你说话。

【何叶子……

方小方:我承认我也有私心。我开始是为了你来这儿工作的。不过说实话,现在我觉得这份工作好像有点儿需要我。我希望看见你们都过得好,住得好,活得好。我方小方虽然没什么大本事,但在这件大事儿里头出过力,我就知足了。

何叶子:谢谢你替我照顾我爸,还给他交罚款……

方小方:小意思。我很高兴能为你……你爸做点什么。

何叶子:我有时候恨我爸不争气,恨他不那么正直恨他没有原则……

方小方:何叔的原则就是你。你过好了,他就不折腾了。

何叶子:我知道。所以我不打算离开他去过什么好日子。我担心他自己一个人老得快。我得陪着他。

方小方:(笑了)……

何叶子:方小方,我想请你吃个饭。

方小方:(喜形于色)好啊!你请客我买单……我还有件小事儿要求你。

何叶子:你尽管说。我一定办。

方小方:你得同意我去接你下班儿。

何叶子:看在你对我爸这么好的份儿上。我就先同意一个星期的吧。

【方小方嘿嘿傻乐。屁颠屁颠的把手里的冰棍儿递给何叶子。二人演区光渐弱。

【何叔家门口。

吴洁:那我走了。

何叔:哎。

吴洁:你注意身体。

何叔:嗯。

吴洁:(走几步又缓缓回过头来,她忽然拥抱何叔)……你怎么老得这么厉害……对不起,对不起……

何叔:(感慨万千)别傻啦。(宽厚地拍拍吴洁的后背)都过去了。

　　吴洁:(难过地点头)……

　　【夕阳光影。二人台《双山梁》似有似无的乐声。

　　【赵家小院的院墙上,不知道何时又被写上了拆字,还画上了圆圈。

　　【赵秀贞缓缓步出,她端着那只心爱的木盒子,站在墙下端详。这一次赵秀贞没有去擦它,也没有大光其火,她只是凝视着它。

　　【似乎有孩子的嬉戏声和笑声。一个小女孩在背诗:朝辞白帝彩云间,千里江陵一日还,两岸猿声啼不住,轻舟已过万重山……

　　【光渐收。

第八场

【光启。日。杨建峰家。

【赵一和和杨建峰面对面坐着。

赵一和:你说句话啊。

杨建峰:(气鼓鼓的)这房子我不要。

赵一和:为什么啊?

杨建峰:(心疼的)你干吗为我的事儿这么奔波啊?我让你这么拼命了么?我要让他们拆迁办去给我解决问题。不是你。

赵一和:谁去不一样啊。为你办点事儿,我高兴。

杨建峰:那他们都干什么吃的?就要你一人儿?

赵一和:建峰你别这么偏激好吗。你没看到,大伙儿都豁出命在干啊,这些人白天上班一天,晚上又挨家挨户聊天谈心,每片儿几十上百户,他们没时间吃没时间睡没时间回家陪孩子,普通人都觉得脑子有毛病才来这儿。要是谁说从开始就特别愿意干这又苦又累又难的事儿,谁确实是有病。可干着干着,又都觉得自己有一份儿责任,每往前走一步,有了点儿进展,都觉得跟舔了蜜似的。这些"神经病"干吗呢?不就为了让咱顺利住进新房子么?咱给他们使绊儿,不就是给自己使绊儿么?

杨建峰:(气恼的是一和不理解他的心思)反正我就是不想让你挨累,这跟别人无关!一和,你现在越来越能说了,这是代表政府在跟我说话么?那我感谢政府,更得感谢你啊。

赵一和:建峰,我知道你的心思。你不用多说。我都知道……你可以说我代表政府。但我更代表我自己,我想告诉你,你的事儿比我自己的事儿重要得多。在我心里,你跟我弟一样,是亲人。就算你只是我管片儿的拆迁户,有困难需要帮助,我也一样全力以赴。

杨建峰:别,我只是一个戒毒人员。是社会的不稳定因素。是被甩到正常秩序之外的边缘人。要不是拆迁成了钉子户,怎么会重新引起大家关注呢。感谢你对我这样的废人还伸出援手。

赵一和:(哽咽)你这么作践自己,我很难过。看见你这样,我受不了。

杨建峰：……（触动）

赵一和：（掉眼泪）小时候帮我攒糖纸，叠小人的建峰去哪儿了……天天放学等我一起回家的建峰，一说话就脸红的建峰，总是考第一名的建峰……我忘不了。

杨建峰：死了。早死了……（央求）你别哭了好吗……这段时间你都瘦了。

赵一和：瘦点儿好。排毒。那说定了，（把手里的钥匙塞进杨建峰手里）明儿我带你去看看房子。顺便去物管理处见一下他们负责人，那儿需要管理员，我推荐你了。

杨建峰：（毫无自信的）……看房子行。管理员还是算了吧……等腿好了，我还是拉我的活儿去。一把一利索，不用跟人说话。客人告诉我去哪儿就行了，多简单。

赵一和：建峰，拉黑活儿又危险又不合法，你出事儿了真真和点点怎么办？这事儿我做主了，你可别让我错看了你。

杨建峰：（艰难的）你不知道，走出这院儿，我连跟陌生人说话手心儿都出汗。好多年了……

赵一和：都会好的。我陪着你呢。是人就会犯错儿，就会害怕。日子一天天还得过，天塌不了！咱都活得皮实点，在哪儿倒了就在哪儿爬起来。我也一样，咬着牙在火上烤,还得欢蹦乱跳……

杨建峰:可你自己都一团乱麻,你还来管我干什么。

赵一和:(触到痛处)……一团乱麻也该有个头儿了,是该下决心了。

杨建峰:想好了?

赵一和:想好了。这几天就去办手续。人一辈子多短啊,在学校我是班主任,年级组长,在家我是家庭主妇,忙得连个孝顺女儿都没空当。在学校看的都是孩子们信任的小脸儿,叽叽喳喳的热闹,心里被熨得平平整整的。回到家,两个人没话可说,客气,冷清……我不想再这么混日子了。

杨建峰:我看网上写,国外很多人一生没有结婚,自由自在,不用委曲求全牺牲自我。我就想到你。但不敢往下想。咱们都人过中年了。你是女的,又没孩子,将来老了怎么办?

赵一和:谁也不能代替谁,就算两个人坐在一间房子里,心不在一起,也还是孤单。我要强又胆儿小,老是怕离婚这事儿会影响到自己在单位领导、同事,甚至街坊四邻心里温良恭俭的形象,所以这么多年就晃过去了……

杨建峰:那些都不重要,重要的是你过得高兴不高兴。

赵一和：所以决定啦。不想在剩下几十年里浑浑噩噩，然后满头白发坐在院子里发呆。人生过半，拆掉旧的不适合的生活，就是为了不拖泥带水，勇敢地给自己一个新的未来。你也一样，建峰。跟点点妈好好过日子。

杨建峰：她最近心情很不好，晚上老是一个人发呆……她说想回娘家待一段时间。

赵一和：她也在看你的态度。你给她信心，她就一定会有变化。听我的，跟她聊聊。

杨建峰：我答应你。你也得答应我，多保重……别让人担心你。

赵一和：放心吧。我活的较真儿，所以比别人累。可我就想较真儿下去，看看后半辈子究竟会怎么样。很多事儿，只有较真儿才能办成。对吧？

【马真真拉着点点进来，她拎着一只大旅行袋。看见赵一和，马真真脸不由得一沉。

马真真：（勉强笑笑）一和姐，你们聊。我收拾东西去了。

赵一和：真真，我正等你。有些话想跟你单独说说。

杨建峰：点点，爸爸带你去看鸽子去喽。咱们有新房子啦，是你一和阿姨帮咱们争取的……（拉着点点下）

马真真：谢谢你啊。

赵一和：真真，你这是要开始收拾搬家了吧。

马真真：我想回山西老家待一阵子。

赵一和：房子下来了，该收拾收拾了。

马真真：一和姐，我带点点走。还不知道什么时候回来。建峰不会照顾自己，你要是还在这边住，多帮帮他。谢谢了。我知道他心里一直有你，你的话他还能听。

赵一和：真真，建峰之前的事儿，邻居们都不愿意告诉你，是怕你多想。你们的日子过得那么好，以前的事儿就让它过去吧。建峰现在也在努力多赚点钱养家，他很珍惜你和点点。

马真真：是我的问题。那天听见一平哥那些话以后，我好像不认识建峰了。我每天胡思乱想睡不着觉，怕负担不起他那么沉重的过去。我就想要一份简单的生活，不想每天担惊受怕。

赵一和：你走了，不惦记他吗？

马真真：当然惦记。别看他外表是个大老爷们儿样，生活上很依赖我……

赵一和：那不就得了。真真，我和建峰从小无话不说，一起长大。建峰是个天性纯良的好人，他小时候挨了欺负，都会把别人往好处想。他没法选择自己的家庭，但他已经跟不堪回首的那些过去告别了。

虽然曾经被生活甩出了轨道,但他现在回来了,他希望能握住你和点点的手,朝着美好的明天一起走下去……

马真真:(感动得哭了)一和姐……我也不想走……我好几个晚上睡不着,偷偷哭。建峰他也没睡着,可他为什么不张嘴留我呢。

点点:(跑进来)妈妈,爸爸让我跟你说,你别走。咱们一家三口一起住新房子。

【杨建峰站在门口,眼圈红了。

马真真:(眼泪决堤)让你爸自己来跟我说。

杨建峰:(往前走了一步)点点妈,留下吧。我和点点都离不开你……我不告诉你从前的事儿,就是因为我怕你离开我。

马真真:我怎么会离开你呢。

【杨建峰搂住媳妇和闺女。

【赵一和微笑着。她默默离开,走向自己家。

【赵家。光起。

高静娴:一和啊。你是拆迁组组长,能不能帮咱家一个忙。房本拿不回来,咱妈眼都发直了。你哥就是叹气,也没别的本事。一吉天天琢磨开新店,不着家。这个家就靠你了。

赵一和:嫂子,我想过了,你看这样好不好:通过拆迁办请个公证员,让大哥代表妈,这边贾振拿着房本和欠条。咱们两家坐在一起商量,看能不能不伤和气,解决问题。

高静娴:行,都听你的。到这会儿了,身体最重要。我真怕咱妈和你大哥,精神压力大了,身体出点什么事儿……我现在愁的是还不上贾振的钱怎么办。

赵一和:嫂子,我是这么想的。我目前的房产写着我和我丈夫的名字,协议离婚之后,一人一半。我把我这半的钱先给你们应急……如果妈同意,我将来就跟妈住,正好伺候老太太。

高静娴:(愣了,羞愧的)一和我真没想到,你正是这离婚的当儿口,还想着你大哥别作难。你要是把钱借给我们了,生活有困难怎么办……

赵一和:我要是饿着了,哥嫂不会不管我的。

高静娴:我们吃干的,绝不让你喝稀的。

赵一和:嫂子,你跟大哥赶快复婚吧。别想着走偏门儿占那点儿便宜。眼前这关过了,将来分的房子是自己的,谁也拿不走。但人一散了,家一散了,再大的房子,再多的钱又有什么用。

高静娴:哎,哎,都听你的……

赵一平:(跑进来)糟了,妈从早上一直躺到现在一动不动。我进去一摸她脑袋,烫得吓人……我已经给一吉打电话了,让他开车送妈上医院!

【三人赶忙跑进赵秀贞卧室。

【赵秀贞坐在躺椅上,有气无力的。

赵秀贞:你们都来啦。我好多年没病过了……这身子骨啊,怕是零件都到了大限了……

赵一平:您别乱说。您还有三十年好活呢,硬硬绷绷地看着我们都走您前头……

赵秀贞:你就是不孝!当儿子的盼着走我前头……我手里要是有拐棍我就戳你……

赵一平:您病赶紧好了再戳我。

赵秀贞:我是这儿的病啊。(有气无力指心窝)看见"拆"字儿,我心里绞着劲儿的疼啊。连听见都不行。我这些天看谁都像盼着这房子被拆掉的人!我心疼这房子,它的岁数比谁都大。看着咱梁上春夏秋冬一年年过。我小时候,你爸爸小时候,你爷爷小时候,都在这墙根底下量过身高。你们长成什么样的人,你们心里有什么事儿,这房子都知道。

【赵一吉冲进来。

赵一吉:妈,你怎么了?快,抬妈上车。

赵秀贞:(摆摆手)还死不了……妈得把话说完。你们小时候啊,就在这院子里跑来跑去。一平带着一和,一和后面跟着一吉。一吉在门口的台阶上绊倒了,一和给一吉擦眼泪讲故事,一平在家做饭,等我下班回来。你们父亲没得早,这院子,这屋子上头的每一片瓦每一块砖都知道你们是怎么长大的……

赵一吉:(悄声对赵一平)妈是不是脑子烧坏了……

赵秀贞:我身体一天不如一天,不知道能不能看见我想见一面的人。等他来了,你们把这个盒子给他,跟他说,院子不在了,我的儿女会照顾他到死那天,我在那边等着他。

【赵秀贞从怀里拿出那只珍藏的木盒子,想要打开。

【赵一平想接过去,赵秀贞虚弱地制止了他,她从里面取出用缎带精心包扎的三十多封信。

赵秀贞:在这小院里,曾经住过一家人。

【她耳边仿佛幻化出两小无猜的笑声。童年的玩伴大升和秀贞跑上,他们念着唐诗:白日依山尽,黄河入海流。欲穷千里目,更上一层楼。

童年秀贞:大升哥你等等我。

童年大升:秀贞,你猜猜我这只手里有几块糖。猜对了都给你。

童年秀贞:三块。

童年大升:(摊开手,手里有两块糖)……

童年秀贞:(失望,要哭)……

童年大升:这两块都是你的了。我还欠你一块。

童年秀贞:(破涕为笑)……

童年大升:我永远都不会让你哭。

【童年秀贞和大升手拉手欢快地跑下。

赵秀贞:我那时候最好的朋友,就在这个院子里住。他叫大升。

我们一起认字,背诗……两家的大人,都觉得我俩般配。等到我七岁那年,一场传染病,你们姥爷一病不起走了,还带走了我的哥哥和小妹妹,从那时候家就慢慢败了。大升总是保护我,鼓励我,我们一起长大了…我二十岁那年,你们姥姥也去世了。我发现只剩我一个人,我忽然明白了,这个家,我是顶梁柱了。你们的父亲那时候很喜欢我,他明白我最想要的是能保住这个院子,他家里成分好,有这个能力帮我。我心里很清楚,我要为赵家留住这里每一片瓦,这就是我的命……

赵一和:妈,你还病着,别说这些了。

赵秀贞:虽然大升说,他永远都会跟我在一起,但我明白不能跟大升结婚……我这几天每天都梦见他,他还是离开家前那个样。那天,下了好大的雨,院子里的土都在冒烟……第二天天晴了,他却再没回来。我想,他永远都不会原谅我。这个人就像蒸发了一样。每年的那天,我都把我想跟他说的话,这一年发生的事儿,都写在信里头。可我不知道应该往哪儿寄。但我相信,有一天我一定能够见到他,因为人总要回家。就算他老了,死了,魂儿也会朝着家的方向走。只要是这个院子在,他就能找到家。

【儿女们一时惊呆住了。

赵秀贞逐一看向儿女:我今天说出这件事,是让你们都知道我心里埋了一辈子的秘密。说不定哪天早晨起来,你们发现我还没闭上眼,你们得知道是为了什么。你们父亲走得早,我对你们要求得苛刻,因为人活在世上,永远都有困难等在前面。只有自己长本事,才能不求人。(从盒子里拿出一张存折)这是我一辈子的私房钱:十万。这是我防老的钱,一平你先拿去救急。

赵一平:不不不,妈,我不要你的钱。

赵秀贞:听话。你一直是最听话的孩子,这事儿上也得听。咱们赵家人不欠债、不伤朋友,自己勒紧裤腰带也要硬气地过下去。一平老实厚道能忍让,为这个家牺牲自己,他不是没出息,他的出息都在你们身上!

赵一平:(没想到,一下子梗住了)妈……

赵秀贞:一和,有里有面儿,好强认真,就是别跟自己太较劲了,妈是你的后盾,生活上的事儿你自己定,妈把你嫁错了人,妈对不住你。想离就离吧,回来永远有你住的地儿。家里有你大哥撑着,你就不用再为别人活着了!

赵一和:(轻轻答应着)哎……

赵秀贞:一吉是老也长不大,妈最放心不下的就是你。你不能再把自己当孩子了,要听你哥劝,爱护你姐姐,体谅你嫂子。我闭眼那天,你要孝敬嫂子,她不容易。

赵一吉:妈您别说了。您这么郑重,我不爱听。您说的我都知道,我会的。

高静娴:(眼圈红了)妈,有你这句话我就行了,你别说了,养好身体,等咱们搬新家,你跟我们过。

【门口有人咳嗽两声,是贾振拿着欠条来了。

贾振:赵大妈,我在门口听见了,也看见了。您别上火,我儿媳妇家因为拆迁,分了新房子了,亲家老两口一高兴,不要彩礼钱了。我就不由自主溜达着,溜达着,就到你们窗户根儿底下了,本来还有点犹豫,想着说不说这事儿……钱慢慢还。不着急。从小我也在您家玩大,赶上什么就吃一口,跟您孩子一样。我不能让您着这个急。

【赵一和手机响起。

赵一和:喂?您好……对,我是赵一和……我们家拆迁的事儿?嗯,嗯……好……(她脸上的表情随着电话另一头不知道在说什么的内容而变化着,电话放下,她有点不敢相信)妈,刚才拆迁办领导给我打了个电话……咱们家这小院……

【大家都很紧张。

赵一和:文物局要规划出一批有保留价值的老房老院,将来连动开发成北梁旅游文化展示区。咱们家就在其中。政府让咱们选择:搬进新居或是拿拆迁补偿。

赵一吉:那我那爆肚店呢?是不是也不用拆了?

赵一和:想什么呢你!

【赵秀贞笑着哭了。

【光渐收。

第九场

【日。光启。赵家小院面貌一新。

【赵一平起劲儿地打扫着。

赵一吉:(一改平日的愣头愣脑,腼腆地挠着脑袋从里屋出来)大哥。

赵一平:多睡会儿,等你嫂子把饭做好了再起来。

赵一吉:(从兜里拿出一张银行卡)哥,这给你。

赵一平:干吗?

赵一吉:我把宝马车卖了。这钱给你,你先拿着把贾哥的钱还了。

赵一平:老三你……卖车跟谁商量了你!那车多好,说卖就卖了?

赵一吉:你别生气……我那宝马纯属为了撑门

面,平时不敢开,怕烧油费钱,还不如卖了一身轻松。我想明白了,我打算用我这份拆迁款租一个新店面,平时打烊了我就住在里头,赚了钱再买新房。平时我要减少没必要的那些吃吃喝喝,节约开支。我都这么大了,不能再依赖你们了。以前我不懂事,哥你多担待。

赵一平:(感动于弟弟忽然长大了,不知道说什么好,抹了抹眼睛)……哎,你这个混蛋小子,怎么也能有这么一天……

赵一吉:哥你怎么跟个女人似的哭哭唧唧的,别让我嫂子看见笑话你,赶紧揣起来。我去店里看看,快拆了,挺舍不得的,拍些照片做纪念。中午我给你们做爆肚儿。(下)

【高静娴高高兴兴系着围裙拿着锅铲出来。

高静娴:一平,我想跟你说个事儿。

赵一平:啊?

高静娴:咱俩今天去民政局吧。

赵一平:(揣着明白装糊涂)民政局啊……

高静娴:少废话!去不去?

赵一平:我是在想,是吃完早饭再去呢,还是现在马上就去?

【高静娴白了赵一平一眼,两人笑得会心。

高静娴:我想明白了,什么都比不上一家子和和美美。我跟儿子打电话都说了,他开始一听,差点跑回来。

赵一平:你告诉他干什么!反正都是假的,让儿子跟着瞎着急。

高静娴:我就说差点弄假成真啊!反正假离婚这事儿在我心里一直不得劲。反正从明儿开始,我跟你就不是非法同居了。

【赵一和搀着赵秀贞走出来。赵秀贞坐在摇椅上。她虽然有些憔悴,但明显起色。

【点点拿着一封信跑过来。

点点:奶奶,你的信,邮局的叔叔送来的。妈妈让我快给奶奶。

赵秀贞:(显然受到震动,哆嗦了,她摩挲着信不敢拆开)……

【赵一和拿过来轻轻拆开。

赵秀贞:点点,给奶奶念念里头写的什么。

点点:(稚气地一字一顿地念)秀贞阿姨,见字如面。父亲生前最后一个愿望,就是回老院儿跟您见上一面。他一天都没有忘记过您。

【冥冥中似乎传来童年大升温暖的声音:"我永远都不会让你哭……"赵秀贞努力地想要笑,眼泪却扑簌簌流下来。

【二人台"双山梁"隐隐又起。

赵秀贞:(像对童年大升说话)大升,你回来了……你能听见这风,摸着这青砖灰瓦了……五十年了,唯独没变的,就剩下这座院子。我使出了所有的力气,咬碎了一口牙,它终究是好好的留下来了。这是赵家的根儿,也是老北梁的根儿。我把自己这辈子,把你这辈子,早就都用完了。你别怨我,我所有的念想都藏在这砖头瓦片土坷垃里头,长死了,焊住了,这是我的命。从今天起你的命也跟我在一起,我天天都会带着你回来看看……下辈子甭管你在哪儿,我找你去,咱不分开了……

【灯光渐渐变得温暖明亮起来。犹如过年。

【赵一吉带着厨师帽,拿着家什和锅碗瓢盆,带着那俩曾经要来拍摄的记者小伙子上。

赵一和:又来拍片子?

小伙子们:姐,来做饭的。

赵一吉:(不好意思的)这俩是我哥们,那天的摄像机,是借的。姐,我跟你赔礼道歉,我不该那么说你。

赵一和:我是你姐,还能不知道你浑吗。回头你天天给姐做饭,姐就原谅你。

赵一吉:得嘞!

【赵一吉现场制作爆肚,分给观众们。

赵一吉:您要觉得好,有钱的捧个人场,人多的更得捧个钱场……在特邀营销专家方小方的指点下,我们"一吉爆肚"马上开淘宝店了,真空包装,口感不变,鲜香不变,回头大家都捧场啊!

【方小方陪着何叶子和何叔来了。

【杨建峰和马真真也高高兴兴来了,带着钥匙。建峰穿上了新制服。

杨建峰:一平,你新房子的钥匙我给你带来了。

高静娴:(高兴地接过去)好啊!快趁热吃一口!

【赵一和站在热闹的人群中,肩膀仿佛更显单薄。她有些寂寥的模样。

杨建峰:一和。

赵一和;(寂寞地微笑)制服真精神。上班儿顺利吗?

杨建峰:挺好的。有点忙,但心里真舒坦。他们对我都挺好的。

赵一和:放心吧,他们里头好多人也都是老街坊。建峰,拆迁工作快结束了,我要回学校去上课了,你多保重。

马真真:(体贴的)一和姐,我给你做了一个坎肩,入秋了,上课的时候凉了就穿上点。多照顾自己,我们会常来看你。

【赵秀贞拿了抹布和粉笔,她亲手把墙上的"拆"字轻轻擦掉,写上了一个"迁"。

【点点跑到赵秀贞身边。

点点:(好奇的)奶奶,以前那几个"拆"字,到底是谁写的呢?

【人人相视而笑。

赵秀贞:一点都不重要,这事儿,以后咱们都不再提啦。

点点:奶奶,"迁"比"拆"好吗?

赵秀贞:(微笑了)要是都拆了,咱们老北梁就什么都没了。迁是走之旁。人往高处走。咱们要搬新家啦。

点点:奶奶,我舍不得你,我会想你的……

赵秀贞:奶奶也舍不得点点……常去奶奶的新家看看奶奶,奶奶给你包烧卖吃!咱们每家每户看起来是分散开了,但心又聚到一起了。奶奶高兴。

【点点打开盒子,里面是她积攒的纽扣,纽扣五颜六色,非常绚丽。它们星星点点布满了天幕。

点点:妈妈,我要把纽扣留在这儿,留给今后来参观的人,让他们都能看到我的收藏!

马真真:好啊。咱们也告诉更多的人,咱们北梁人家的故事,就像这些好看的扣子,五彩斑斓。每个人都等着自己适合的那根线,我们都会等到的……

【远处新楼林立。赵家小院安静矗立,"平为福"的牌匾承载着北梁的年轮……

拆迁拆出来的众生悲欢
——看林蔚然话剧《北梁人家》有感

丁天

话剧《北梁人家》的舞台中央，悬有一块巨大的呈碎片状不规则的镜子。这充满玄机的镜子碎片，使这部情节设置复杂、出场人物众多的话剧，更增添了万花筒般的视觉效果。一座晋蒙风格的居住着三户人家的小院落，随着剧情旋转木观般的依次展开，令人在黑暗中有俯瞰芸芸众生的悲欢离合之感。影像的折射，剧情的纠葛跌宕，人物之间强烈的戏剧冲突，营造出熙来攘往的人间。戏的剧情密度极大，像一部四十集电视剧，浓缩在两个小时。这是有如中国新时期产生的最好的最优秀的那些书写家长里短平民生活的剧集中最打动人心的华彩段落般的——感人至深的两个小时。

《北梁人家》的北梁是一个地名，是内蒙古包头市的一个地区,棚户区。相当于北京的南城某处,比如老舍话剧《龙须沟》里的龙须沟,或者林海音小说《城南旧事》里的城南。北梁地区属于包头这座城市的"平民区"、旧街区,街道狭窄、拥挤,人口密集、无序。小街两侧,处处残破颓败的旧房屋,但是,北梁却是包头市的发源地,像北京的南城一样,有它往昔的辉煌,有它厚重的历史文化积淀。只是,像所有这样的老城区一样,辉煌的历史已随风逝去,遗留下的残骸只剩下沧桑和风雨斑驳,不可避免的像龙须沟一样,呈现出的直观面貌是街道垃圾飞扬,公厕令人掩鼻屏息。改造旧北梁,建设新北梁,是一曾经引人注目的历史性工程。而这项巨大工程的漂亮完成,才有话剧《北梁人家》的产生。这是生活和作品之间的关系,犹如汉以前的历史和《史记》之间的关系。

如此,舞台中央那块巨大镜子碎片的含义就更深远。如编导所说,"它映射了包头人详尽琐碎的生活缩影,也反射了包头普通百姓的人性光芒。"其实,纵观全剧,是否是包头市,已不是那么重要。只是一座城市,一座中国北方的城市,剧中的每一情节每一细节,都不过是中国人内心情感的表达,以及我们所惯常的表达情感的方式。比如,争吵。亲人和亲人吵,街坊和街坊吵,总之我们中国人就这样,像一个巨大饭馆的后厨,老炒(吵)着。但是,我们中国人其实是善良的平和的,是热爱生活的。只是热爱生活的方式不一样,厨房的油垢,家居的杂乱,恋旧,不爱扔东西,都只是热爱生活的方式。这是漫长历史和这块土地生存空间所给予的造就的独特方式。我们是在五千年的贫瘠中挣扎生存下来的。生存下来,已是伟大。而在这块土地上,每一次历史性地变革,都必然伴随阵痛,对于只想好好活着的平民百姓来说,意味着某种不可言说的未知的恐惧。未必能够得到,却很有可能失去所有。就好像剧中北梁地区的这次大规模的拆迁改造。历史上太多次的改朝换代,太多次的朝令夕改,如此深刻的不安的祖传记忆,也确实是,没法不让这样的一次拆迁,给祖祖辈辈居住在这里的人,造成震荡。而整部剧贯穿的线索,它的关键词,恰恰就是这样的一次"拆迁"。

是的,《北梁人家》是对包头市北梁地区的历史性拆迁新建的一个描摹。是在老城区中一座保存完好的百年民居小院里的三户人家,围绕"拆迁"展开的一幕幕的生活画卷,生活气息浓郁,故事跌宕起伏。看似平凡的生活中,蕴含着巨大的感人至深的市井细民的悲欢。事儿不大却环环相扣,扣人心弦,剧情奇峰突兀回转时,常引得台下观众齐齐惊叹。演出结束获得观众长时间热烈掌声。为什么?因为观众们看到了他们想看的,我们的生活,我们的性格,我们的历史。剧作围绕拆迁,拆出的却是人性的光芒。用编导的话说"潜藏着百姓的大爱和平民的良知。"

剧作应是出自能匠手笔。在整个观剧过程中,最令人惊奇的是,如此厚重,如此沉甸甸的一部大剧,竟然是出自于年轻的女编剧林蔚然,颇叹服。在看《北梁人家》之前,我已经看过多部她的印有明显个人风格烙印的话剧作品。《请你对我说个谎》《秘而不宣的日常生活》《飞要爱》。文艺气息的,两性情感的,当代都市男女的,抒情的,小资情调的。在这些关键词中,我以为林蔚然的话剧,其实是颇像萨冈的小说。是女性感兴趣的话题。然后用女性作者特有的笔触写出。此前,看林蔚然的戏,是好像突然遭遇了一场很文艺很安静的电影,自然也有其可堪玩味的"智力游戏",《请你对我说个谎》中,一个情人化身为三人,和男主人公不断对话,故事不断被打断重演,各种不同剧情的预设。《秘而不宣的日常生活》,舞台上,两对男女的谈话,不时像《低俗小说》两名杀手在路上讨论汉堡。突然想到,昆丁的那一段,或许是受启发于海明威的《杀人者》。都是心不在焉的,仿佛与故事情节无关的日常生活的闲谈。抒情时,像静谧的午后,一段若有若无时断时续的音乐。激烈时,也不过像午夜邻居家的夫妻争吵,再激烈,也还是隔着一堵墙。也像是阿尔贝·加缪的比喻,隔着巨大的玻璃,可以看到他们在说话,在动作,却听不到声音,不禁要问,他们在干什么?如此,徐徐拉开日常生活的帷幕,生活的静水深流,就像是流沙河,风平浪静,波澜不惊,多么美的景色,而水下却有白骨累累,还有一个叫沙和尚的水怪。当然这个剧里没有妖怪,潜入日常生活的水底世界,只是遍布暗礁,只是水草杂生。平静的叙事风格,蕴含强烈且巨大的戏剧张力。剧作有强烈个人风格,关心的话题、设置的情景,都具有文艺女青年气质,安静的,文艺气息的,酒吧、铁轨、客厅,像是海明威混合了萨冈的场景。间或穿插原创的民谣歌,还有朗读。两男两女,四个舞台剧演员,都是很好的酒吧歌手,很好的朗读者。

但是,《北梁人家》就完全不同。它是俯瞰的,充满悲悯的,触及对世俗生活的细致描摹,充满对世俗生活的热爱。某种意义上,它是一部史诗性的剧作。不再是两男三女的卿卿我我,低声絮语。而更像是多声部大合唱,要你方唱罢我登场。要有整个社会构成般的众多人物。各有来历,各有特性,各怀目的,各有欢乐悲伤。当然,《北梁人家》亦不乏细腻的女性笔触。但总体结构框架,构建起来,需要"费尽移山心力"。自是和聪明、讨巧的小话剧不可同日而语。

早先,看林蔚然的《秘而不宣的日常生活》,曾写下这样一段话:"生活是复杂的,需要最细微的笔触,去体现表达它丰富的复杂性,这是我们热爱它的理由。"而这句话,同样适用于林蔚然的这部《北梁人家》。

(丁天 小说家)

《北梁人家》:
一次有温度的主旋律书写

任凡

几年以前电影圈流行着一个讨论,主旋律题材究竟应该怎么拍?继续高大全的套路显然是没有出路的,经历了《建国大业》和《建党伟业》的新鲜劲儿,老百姓对明星堆砌也疲劳了,可问题还是没找到解决的方向,讨论最后不了了之。主旋律的题材操作是艺术领域的一个共性问题,正能量到底要怎么弘扬才不招人反感?这个论题听起来有些奇怪,但其实是一个很纠结的现实,是每一个从事严肃题材创作的作者都必须面对的。

《北梁人家》是讲拆迁的,让人欣慰的是主创并没有把这样一个并不讨好的题材处理成让人昏昏欲睡的红头文件,对正能量的准确理解,是本剧收获好评的关键。正能量不是振臂高呼的伟大口号,不是价值悬空的假想正义，恰恰是贴地的温情和暖心的力量，是人性深处的对于爱与包容的普遍的价值认同。在两个多小时的时间里，随着赵秀贞、何朴仁和杨建峰这三家人的悲欢离合，作者悄悄地完成了本剧的主题书写，一拆一迁的转换，家人之间的亲情，邻里之间的温情，润物细无声地走进心里，不张扬、不矫情。场灯点亮之际，你发现舞台上那些鲜活的人物就坐在你的周围，和你一起眼含泪光，一起拥抱生活。

这是一个典型的主旋律题材，却是一出非典型的主旋律戏剧。作者十分娴熟地运用了许多商业戏剧的表现手法，目的只有一个，就是让它贴近生活，让它变得好看。首先是悬念营造。全剧围绕赵家老宅外墙上一个"拆"字究竟是谁写的展开情节，串起三家人对于拆迁这一政府行为的抗拒与理解。虽然全剧终了也没指明字是谁写的，但老宅的街坊们却在这一过程里完成了各自内心的情感成长和对于生活的认知转变。赵秀珍对女儿工作的接纳，老何、叶子以及叶子妈之间的相互谅解，杨建峰重拾面对家庭和生活的勇气，这些事件的完成和人格的重塑并不依赖于拆迁，却依赖于围绕拆迁这一悬而未决的命题建立起来的生活场域，拆迁由一个冷冰冰的事实被改写为一个有温度的表达，这一处展示了作者扎实的戏剧文学功底。

其次是人物设定和塑造。全剧并未在对核心人物赵一和的表现上用力过猛,我们发现她普通到不能再普通,作为一个拆迁干部,头顶没光环,手里没权力,虽然有用一张纸给一家人解决纠纷的智慧,可也有自己解决不了的情感难题。舞台上少了一个神通广大的好党员,却多了一个有血有肉的好街坊,这样的低调处理,非但不平庸反而增添了老百姓的好感。除此之外,赵老太太的执拗、赵一平的窝囊、赵一吉的莽撞以及老何的小自私和大善良都是既贴切又准确,不温不火,让观众很舒服,完全没有观看其他主旋律戏剧时的那种令人生厌的被挟持感。

作者准确把握了现实主义戏剧的光热,始终采用一种平视视角书写对于生活的关照。是拆还是迁,一字之差,老百姓心中的感受是不一样的。可以说,通过一系列矛盾的解决和情感的梳理,剧中人拆掉的不仅仅是房子更是心中的隔膜和壁垒,是抗拒的情绪,而重建的除了家园还有对于政府的信任,以及人与人之间的情感接纳。

《北梁人家》的观演体验是愉悦的,除了流畅的情节和动人的演绎,舞台上方高高悬置的镜面也是一次颇具新意的舞台设计。一方面它开掘了舞台空间,解决了演员背对观众的技术问题,另一方面,它寓意深刻,将现实里的生活照进舞台,又将舞台上的情感反射给观众,作为观演的一员,我为看到这样别具匠心的舞台呈现和有温度的主旋律书写而感到欣喜。

其实,市场并不排斥主旋律题材,关键还是要走心。

(王人凡　评论人、专栏作家)

普通人的"宏大叙事"
——话剧《北梁人家》观后

张先

今天,我们必须明白:戏剧在舞台上有各种各样的形态,不要只持一种戏剧观念,对舞台的样态也不能只有一种期许。写剧本,就是从戏剧的基本要素出发,去获得舞台无限的可能性。如果编剧认为只能从故事出发;从复原现实出发;从再现生活的层面出发,那么舞台就只能拥有一种样态。

年届七十的赵秀贞老太太纠结的是百年老宅将被拆毁;老邻居何朴仁纠结的是拆迁换来的房子能否让长于贫困的女儿有个幸福生活;赵老太大儿子赵一平纠结的是房子能使是自己获得多少"财富";旧邻居杨建峰纠结的是自己入狱的前科和邻居们不屑的目光;赵老太女儿赵一和则纠结于自己即将瓦解的婚姻及工作的转换——大幕开启,《北梁人家》

（编剧：林蔚然，导演：吴晓江）就将舞台剧的主旨定位在：为普通人完成"宏大叙事"的企图上。后来上场的人物赵一吉，何叶子，方小方也都在按照这个逻辑，各自完成着个自的人生命题：开饭店、交男友、追女生——一个挂在墙上的"拆"字，将市井的这些人物聚合在一起，形成了一个互相矛盾，又互相依赖的，具有质感的生态系统。作者在用他们的生活诉求去承载与时俱进，变革更新的"宏大叙事"。

我们的戏剧史上，以"宏大叙事"基调而成为经典的作品有两部：一部是中华人民共和国成立前创作的民族歌剧《白毛女》；一部是中华人民共和国成立后产生的经典，老舍先生的《茶馆》。抛开当时的历史条件不讲，这两部作品进行"宏大叙事"的创作是有经验可循的。其一，"宏大叙事"的"宏大"是指主题（对于社会进步意义的揭示）的宏大。而不是人物身份地位的"宏大"。《白毛女》写的是一个佃农杨白劳及女儿的遭遇。而《茶馆》则更是写了普通、底层、草根的一群，一群在茶馆才能看到的三教九流。其二，所叙述的"事"也都不大具有历史意义。细碎而具体。《白毛女》中杨白劳面对的是想包饺子过年，喜儿则是在想"人家的闺女有花戴，我爹钱少不能买"。至于《茶馆》里的三位老人，则始终面对的是生存，生活的事情。除了秦二爷在前两幕尚显理想外，没有使人感到"献身事业"的豪情。其三,两部剧作的内在逻辑很有力道。《白毛女》表述了"旧社会把人变成鬼,新社会把鬼变成人",而这一切在于共产党领导农民闹革命。《茶馆》则表述了三个旧时代(清朝,民国,国民党统治)被送走的合理性。如王掌柜抗议的那样"他们都活得好好的,凭什么不让我们吃窝窝头哇!"草根的一群人如此卑微的生存诉求,在观众心里席卷起一道道历史狂涛,使大家感受到了社会体系的行将崩解和必然坍塌。

"宏大叙事"是个创作手段的概念,是指戏剧创作的一种企图心。我们看到很多作品,创作者都有这样的企图心。为使作品能更具意义和价值,便努力寻找(并占据)一个(政治、历史、文化、道德)高点,进行故事的表述。这种现象在主旋律的作品中十分普遍。编剧认真的为政府代言,为政策代言,为道德代言,乃至于为历史、为文化代言。这是意识形态操控创作的很有意思的现象。其重要目的是:推介事实,推介价值,推介规律。总而言之,就是宣传真理。近年来,"宏大叙事"成了风气,很多编剧都在找寻能够进行"宏大叙事"的素材。一些著名的历史人物,革命先驱,学者名人,乃至于老字号,老企业,著名的文化景点,甚至那些子虚乌有的民间传说和文学作品中虚构的人物都被考古似地发掘出来,被编制成一省一市的文化历史符号搬上舞台。

《北梁人家》不同于同类作品的地方在于,同样有宏大叙事的企图心,但在具体创作上选择了与经典作品看齐的取向。放低所有主要人物的生活位置,选取老百姓所在意的常态化的生活追求。不让人物去为政策,政治,业绩代言。编剧努力关注每个人物的情感逻辑,让人物按照各自的生活目标前进。在表现他们特质的同时,毫不隐讳的表现他们作为人物的缺欠,使人物满带出生活的质感。以赵秀贞老太太为例,编剧重点的表述了她倚老卖老的蛮横和怀旧,没有将其放置在城市改造的对立面上。从剧情发展看,她所有反对的行为只是她蛮横老辣的一种处事状态,所谓"拆屋先拆我———拆散我的老骨头"的表白,只是她对自己行将老去的一种抗议。她所有攻击别人的言词,其实就是她对衰老中自己的一个总结。按她的说法就是"死不起,活不明白的人"。同样,剧中的赵一平,赵一和及何朴仁等的形象都有类似特点。作者用普通人的逻辑赋予他们生命,表述这些普通人群落的常态化追求,并以此作为剧本的血肉,使得舞台演出时充满了张力。赵老太太对赵一平婚姻的关注;何朴仁对何叶子未来的寄托;赵一平两口子对待"金钱财产"的筹划;杨健峰对旧有情感的回忆以及赵一和关于"到底应该去哪?"的自我问询都表现出作者不为"宏大"而牺牲人物走向的坚定。不让人物进入代言的位置,让人物自然的在舞台上行走,以他们的行为和选择去印证价值和意义。这种主观上的控制,被到位的表导演的创作准确地落实到舞台上,产生了引人入圣、震撼人心的效果。《北梁人家》以普通人物完成了"宏大叙事"的总体追求,很值得肯定和总结。

当然,对于剧本创作来说,写了人物并不等于创造了形象,只有完成了人物所有"背后"的内容,或者说完成了关于这个人物的所有言说和叙事之后,观众才能判断其是否具有形象意义。选取一个人物,实际上已经意味着剧作者对人物的判断了。这是编剧进行剧本构思的时候必需做出的考量:明确这个人物对于自身有什么价值;人物对自己的认知到了什么地步;不简单地职责社会;不着急于塑造典型。而是写尽人物的艰辛,将努力和失败看成是人们天天面对的事情。这样,人物在社会中的任何沉浮都成了一种自然的事情。做好这些准备,人物便开始具有了形象性。

我们的舞台剧创作最为欠缺的是人物的形象化逻辑。英雄有英雄的逻辑,普通人有普通人的逻辑,小人物有小人物的逻辑,但最为重要的是英雄、普通人、小人物作为形象树立在舞台上,一定有不普通、不一般的特殊逻辑。这个特殊逻辑是对人物进行深度处理的前提。大部分剧作所立足的"私情与公理"的矛盾远不能解释这些在生活情感浪潮中起伏的形象。所以,"宏大叙事"是一种创作手段,问题的关键是:那个层面才算"宏大",才能构成形象性?美国著名剧作家尤金－奥尼尔这样表述:我写戏从来不是写人与人的关系,我要写的是人与社会、人与自然、人与上帝的关系。《北梁人家》的编剧走的是一条正路,但正路都是充满荆棘的,由衷地期待作者在这条路上继续前行。

(张先　中央戏剧学院戏剧文学系教授、博士生导师)

因承其重,益见其情
——评话剧《北梁人家》

郑荣健

看完话剧《北梁人家》,我给编剧林蔚然发了一条微信:"可能有点满。"她回复说:"可能吧。"这部由内蒙古话剧院出品,林蔚然编剧、吴晓江导演的话剧,近日作为第二届中国原创话剧邀请展剧目在北京上演,"满"是我观剧的第一印象。而让我更加五味杂陈又未及表达的意思,则是这部剧所承载的"重"——普通人对于生活的执着盘营,他们在现实困境、社会变迁中表现出来的纠结、挣扎及底层本色的人性光泽,让人深刻体味到变迁题外的恒常。"民者,国之根也,诚宜重其食,爱其命",这才是全剧的重心所在。

"拆迁",是全剧的主线,也是引子和扣子。话剧《北梁人家》抓住一个具有话题性和当下意味的现象,较好地切入到底层生活当中,勾连起不同遭际的人物命运,显示出一种直面现实的真诚、坦然,是很好的。俗话说,家家都有一本难念的经。在话剧《北梁人家》中,一个院落,三户人家,赵家、何家和杨家,他们面临的生活虽然不同,却各有各的苦恼——在赵家,赵秀贞的大儿子赵一平举债投资失败,危机隐伏;她的女儿赵一和当上了拆迁办主任,却遭遇婚姻危机,回到娘家"避风躲雨",隐瞒身份试图说服家人和邻里拆迁;她的三儿子、开爆肚店的赵一吉则面临铺面产权分拆的争执,生意难续。在何家,一辈子窝囊的何朴仁艰难地维系着四处漏风的自尊,打着小算盘,一心要让女儿何叶子过上好的生活。在杨家,曾有吸毒前科的杨建峰遭遇着人们异样的目光,他与赵一和曾经的恋情则因赵的到来再起波澜,而面临中考的女儿杨点点在纷扰中也难得专心……

这些线索交织在一起,锅碗瓢盆,家长里短,呈现出一幅极其生活化的风俗画面,真挚、动人。剧中,几乎每一个人都有完整、丰富的前史或隐衷,这些几乎都可以独立成戏。赵一和与杨建峰曾有恋情,看似老实巴交的赵一平曾隐瞒家里举债投资,一直以被妻子抛弃示人的何朴仁隐瞒并无妻子、救助他人的真相,含辛茹苦地抚养着没有血缘关系的"女儿"。哪怕是像赵秀贞这样的持家老人,也有她不堪回首的回忆，以及她坚持不让拆迁的理由——等一个人回家，好让亲人找到回家的路。是的，"拆迁"从来就不只是"拆旧换新"，它还关联着乡愁，关联着人们在这土地上浸润的情感记忆。可以看出，林蔚然不光占有了丰富的生活素材，也融入了一个女性编剧所特有的细腻情感，从而让全剧情绪饱满又毫无戾气地观照了一个备受关注的社会题材，是非常难能可贵的。

因为故事的丰富、素材的厚实，话剧《北梁人家》中的人物亦显得比较立体。作为家中长子，赵一平平和老实，实有无奈和不甘，债台高筑后像丧家之犬似的，惶恐、不安又不敢声张，演员的表演是很好的。何朴仁看似窝囊，小算盘不断，一提到女儿就神采焕发。开始我不理解他的自尊何来，当悬念解开，才明白过来，除了养育的亲情，女儿何尝不是他一段光辉历史的见证呢？他玩假文物，说大话，那一个个被坎坷泡成颓废的可笑伎俩，固然可说是他能耐有限，却让人看到了一种底层的真相——哪怕人性的光泽在生活的油垢中变得斑驳，它依然不舍艰难的维系和不屈的自尊。可以说，演员的表演也是渐入佳境，从开始略显浮夸到渐渐浸入角色，人物塑造个性鲜明，可圈可点。

当然，话剧《北梁人家》并非已经尽善，它的问题和提升的空间，也蕴藏在它的框架之中。作为一个舞台作品,它的线索似乎过于繁杂,在有限的时空里,其实并不利于叙事的展开,也不利于挖掘的深入。比如,作为一个讲"拆迁"的故事,"拆迁"这条主线并没有很通透地贯穿,不时会被支线人物的故事所打断。同时,为了把观众从支线故事拉回来,支线人物的塑造往往只好点到即止,难免造成不够专注、不够畅快的感觉。而且,前半部分支线剧情过于展开,到剧情解决、收拢之时,难免有些仓促,像赵一平债务的解决,本可以更有力地、跟主线更为一体地落下,却由赵秀贞的"防老钱"和赵一和的离婚"折现款"支付,不尽合理,也容易给人一种"孙猴子七十二变不如来一个菩萨"的感觉。

应该说,这个戏的故事框架、叙述角度和情感落点都是很好的。导演在处理这样的题材时,显然看到了它的"满",因此在舞台上布置了一个大的镜子,以形成院落的景深,很好。人物的调度章法得宜,风格完整统一。个人以为,或许全剧可以稍稍做一些"减法",让跟主线剧情关系不大的故事、人物淡出到背景环境中,使之以群像的形式出现,略作点逗,又不失生活的质感和烟火气,可能更好。像杨建峰,他养鸽子倒是带出了一点生活气,但他跟赵一和的恋情及由此衍生的家庭矛盾,就有点累赘了。再就是开始时跟赵一吉有争执的一家几口人,呼啦啦上台,略显凌乱，也作用不大。这样一来，反而是赵秀贞最后透露往事的那一段对"回家"主题的强调弱了。作为一部有丰厚故事、有深度和情怀的话剧，《北梁人家》呈现出来的生活质感是接地气的。稍加打磨，从而更进一步，我是有信心的。这信心，就来源于剧作给出的生活分量。因承其重，益见其情。

（郑荣健　中国艺术报新闻部副主任、评论家）

東西南北 方寸棋塲 市井風骨 眾生百態

話劇原創

編劇 楊碩　導演 鐘浩

時間 2015.1.9-1.10 19:30
地点 浙话艺术剧院(湖墅南路136号)
浙江话剧团有限公司 出品

《红中》剧照

编剧 / 杨硕　导演 / 钟浩

《红中》剧照 编剧/杨硕 导演/钟浩

红下

原创话剧

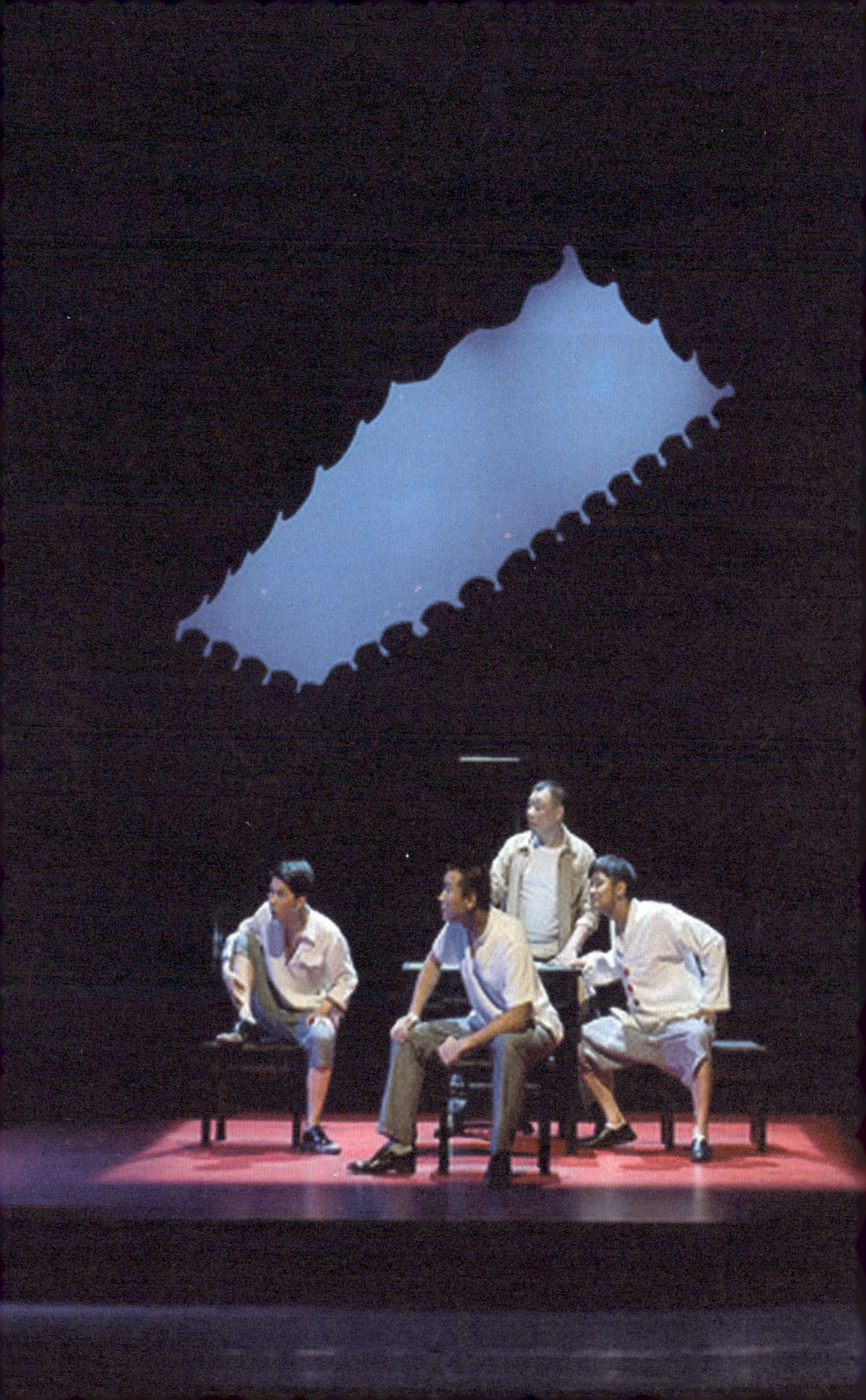

《红中》剧照　编剧 / 杨硕　导演 / 钟浩

《红中》剧照　编剧/杨硕　导演/钟浩

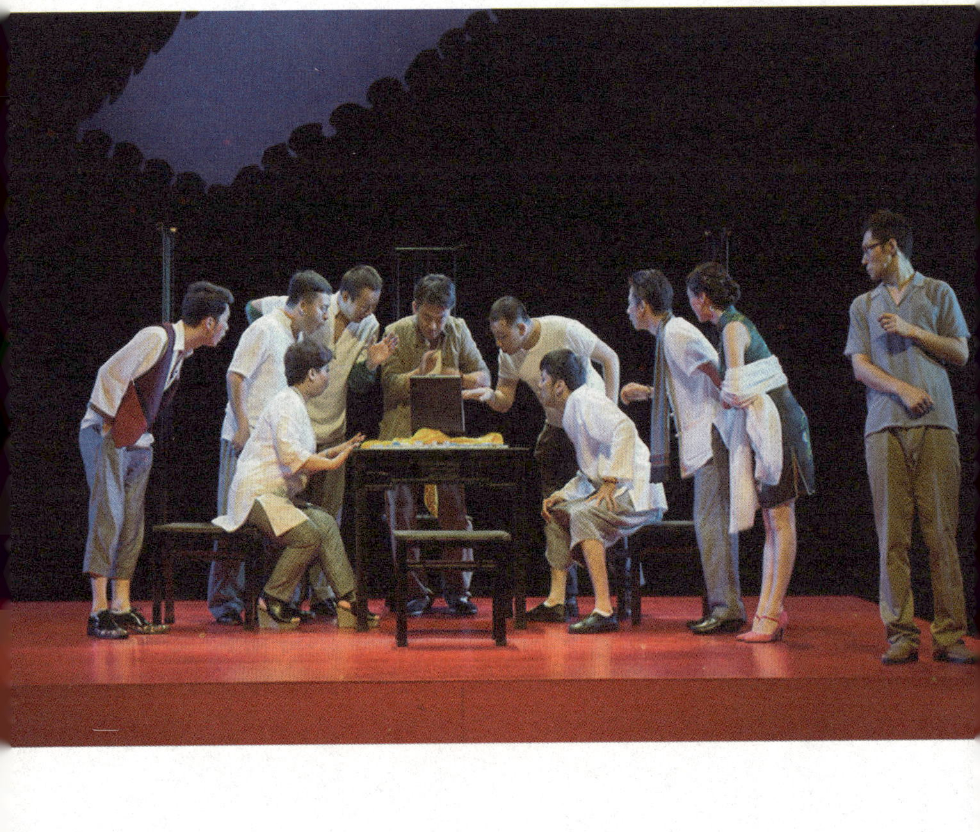

【黑色喜剧】

红中

Secobarbital

杨硕

作者简介

杨硕，毕业于中央戏剧学院戏剧文学系2000级本科。中国音乐剧协会会员。作品获中国话剧金狮奖、国家舞台艺术精品工程、天山文艺奖、南充国际木偶节优秀剧目奖、全国儿童剧展演优秀剧目奖等。

主要作品：音乐剧《火花》《别失八里》，百老汇音乐剧《拜访森林》中文版，儿童剧《绝对小孩》《月亮草》，话剧《红中》，情景喜剧《微星时代》等。

序

【幕启。

【黑暗中,传来洗牌的稀里哗啦声。

【启光,可以看到舞台的中央有一张麻将桌,有三个人正在码牌。这张麻将桌始终出现在舞台的中央,同时参与到剧情中所有需要打麻将的环节。

牌人甲:凳子三条腿!摔人!

牌人乙:桌子三条腿,不稳!

牌人丙:男女三角恋,折腾!

三人:麻将三缺一,闹心!

牌人甲:这发明麻将的人太缺德了,非得规定四个人,多一个不成,少一个没戏!

牌人丙:这就是告诉你,我不玩,你也甭想玩!

牌人甲:心理阴暗!

牌人乙：就是，换成扑克牌，两人打关牌，三人斗地主，四个人打升级，想怎么玩就怎么玩。

牌人丙：那叫没规矩，你看看这牌桌上写的什么，(指自己和其他两个人)东、南、西，(指空位)北，天地四方，少一个还行？

牌人甲：原来咱们折腾半天……

三牌人：还没找着北呢！

【麻向东一个人站在舞台上，陶醉的。

麻向东：唐太宗李世民有云，以铜为镜，可以正衣冠，以人为镜，可以明是非，以史为镜，可以知兴替。我，麻向东，十八岁上大学，历史专业，到今天工作二十年，用心教书，育人无数。只可惜这个时代，人心不古，斯文扫地，人人都活在当下，没有谁在乎历史。唉，身前身后事茫茫，欲话因缘空断肠啊！

牌人乙：这谁呀？

牌人丙：他叫麻向东，是个历史老师！

牌人乙：不会打麻将？

牌人甲：不会打麻将，那活着还有什么意思！

麻向东：我有我的理想，我有我的抱负。我就喜欢历史，喜欢教历史，我不想当官，发财也没什么好，只要让我站在讲台上，看着下面一张张稚嫩的脸庞，看着学生一双双求知的眼睛，让我用知识填补他们空虚的心灵，传承千年历史，我就觉得满足，觉得自己好像站在宇宙的中心,链接着过去和未来。

【麻向东往脑袋上套了个牛皮纸信封下场。

【三个牌人看着麻向东,几近崩溃。

三牌人:神经病。

牌人丙:咱们没找着北,他连自己还没找着呢!

【舞台的另一侧,胡九万提着水壶走上来。

胡九万:有人说麻将玩物丧志,有人说麻将聚众赌博,有人说麻将浪费时间,有人说麻将殃民祸国,扯淡!我,胡九万,人称牌神,纵横麻海无敌手。现如今隐退江湖,开了一家红中麻将馆。对我来说,麻将就是一切。人生无论多失败,现实不管多残酷,只要我往牌桌上一坐,就血脉贲张,宠辱皆忘,因为在麻将的世界里,我永远都是赢家!不服?试试!

牌人乙:永远都是赢家,可能吗?

牌人丙:可能,他当年一晚上输赢都是以六位数计算的。

牌人乙:六位数?高手啊,绝对的高手!他的绰号也响亮,胡九万,天生就是打麻将的料。

牌人甲:胡九万不是他的绰号,是他的真名。

牌人丙:我还听说他出生那天,他爸正跟人打麻将,三牢桩单吊九万胡了把大牌,所以才给他起名叫胡九万。

牌人乙:我也听说他天天泡在牌桌上,成宿成宿不回家,他老婆吓唬他,说再打麻将就离婚,结果他二话不说把婚离了。

牌人甲:(摇摇头)离了也好,像他这样的人,有老婆孩子也是累赘。

【牌人丁急匆匆地跑上来。

牌人丁:对不起对不起,家里有事来晚了。

牌人甲:你亲爹死啦!

牌人丁:没有,我丈母娘!

牌人乙:那你耽误这么长时间。

牌人丙:就是。

牌人甲:今天的茶水费!

三牌人:你出!

牌人丁:得嘞!那咱们……

四牌人:开局!

【整个舞台启光。

第一场

【胡九万的麻将馆。

【一个写着"红中"的牌匾挂在舞台中央。

【几桌客人正在打麻将,四个牌人此刻变成了麻将馆里的客人。

牌人甲:九爷,续水!

胡九万:来了!

【胡九万给每一桌续水。

【麻向东脑袋上套着一个大牛皮纸信封,上面掏了两窟窿。

【胡九万和麻向东走了个对脸,吓了一跳。

胡九万:你……你要干吗?

麻向东:找人!

【麻向东环视四周。

【角落的一个牌桌。

陈幺鸡:胡了,蒋先生,你又放铳了。

蒋先生:哎呀,陈女士牌技不凡,佩服,佩服!

【麻向东走向陈幺鸡。

麻向东:回家!

【陈幺鸡回头,吓了一跳。

陈幺鸡:妈呀!你谁呀你?

麻向东:回家!

【陈幺鸡站起来,仔细看着麻向东,然后一把摘下信封。

陈幺鸡:你神经病吧,我以为是打劫的呢!

麻向东:(看着四周的人有些慌乱)给我!

陈幺鸡:算了吧,这儿没人认识你!

【麻向东把陈幺鸡拉到一边。

麻向东:回家做饭去!

陈幺鸡:你自己煮方便面吧。我这圈还没打完呢!

麻向东:又吃方便面,那里面有多少防腐剂你知道吗?将来我死了,尸首放在那儿保证一年都坏不了。

陈幺鸡:那正好,让你们那些学历史的人好好研究研究你!

麻向东:历史怎么了,我们每个人都将成为历史,没有过去,哪儿有将来!

陈幺鸡:你又哪根筋不对了?

麻向东:我哪根筋都不对!你看看别人家的老婆,相夫教子,洗衣做饭。再看看你,成天就知道打麻将,你懂不懂什么叫妇道。

陈幺鸡:我一不偷二不抢三没给你戴绿帽子,怎么就不守妇道了。最看不起你们这些臭教书的,屁大的事老上纲上线。

麻向东:以后你就是想让我教书,也教不成了。

陈幺鸡:学校把你开除了?

麻向东:教育局把我们学校和一所理科学院合并了,用不了那么多历史老师,今天校长找我谈话,让我到后勤工作,要么就另谋职业。

陈幺鸡:啊?你在学校教了这么多年书,说不用就不用了?

麻向东:现在文科生毕业不好找工作,这也是没办法的事!

陈幺鸡:那也不能卸磨杀驴上听放铳啊,这帮王八蛋,这不是断了我们家的生路吗,不行,我找校长去,我不上听,谁也别想胡。

麻向东:你省省吧,这是教育局的决定,你找校长没用,他还不知道往哪儿安呢!

【胡九万凑上来。

胡九万:幺鸡!这位是……

陈幺鸡:我老公!

胡九万:哟,妹夫啊,稀客稀客,哪儿高就啊!

麻向东:应用文理学院!

胡九万:文化人呀,你可是我这个麻将馆来过的学问最大,学历最高的人了。抽烟!

麻向东:(摇摇手)谢谢,不会!

胡九万:怎么称呼?

麻向东:姓麻,麻向东!

胡九万:(上下打量麻向东)好,太好了!

麻向东:(被看毛了)我……哪儿好?

胡九万:我不是说你好,我是说你这姓好,你姓麻,我姓胡,咱俩联手,天下无敌呀!将来有机会,咱俩一定得联手打几圈!

陈幺鸡:他不会!

胡九万:啊?那可惜了!以后你得常来,就算不打牌,在我这儿坐坐,喝杯茶聊聊天,我也高兴。

陈幺鸡:你是高兴了,我快连饭都吃不上了。

胡九万:不至于,妹夫的事儿我刚才也听了个八九不离十,要我看呀,这事儿好办。

陈幺鸡:好办?你以为是打麻将啊!

胡九万:就是打麻将,你记得十三幺吗?

陈幺鸡:怎么不记得,手特臭,我前天还赢了她五百块钱呢!

胡九万:对呀,她老公可是教育局的副局长,你去求他,肯定管用。

陈幺鸡:真的?

胡九万:假的你也得试试啊!

陈幺鸡:早说啊,我这把牌都上听了。

【陈幺鸡坐回到牌桌前。

麻向东:哎,你怎么……

【胡九万拦住麻向东。

胡九万:淡定,妹夫,淡定,来,我带你转转。

【胡九万不容分说拉起麻向东走向各个牌桌。

胡九万:发财!

【牌人丙(此时扮演发财)回过头。

胡九万:这是幺鸡的老公,大学老师,有学问。

发财:哟,那我得叫姐夫啊!姐夫好!

【麻向东尴尬地笑笑。

【胡九万捂着鼻子。

胡九万:发财呀,你这件麻衣能洗洗吗,都臭了。

发财:这件麻衣,那就是我的战袍,我穿着它可是胡过豪七的,要是洗了,运气就没了!

麻向东:(小声的)什么叫麻衣呀?

胡九万:就是打麻将穿的衣服,他觉得穿这件衣服运气好,所以老穿着。

【胡九万带麻向东走开。

胡九万:(小声的)你看到门口那辆保时捷了吗,那就是他的。官二代!他爹是规划局副局长。

麻向东:哦!

【两人又走到牌人丁(此时扮演李主任)身边。

胡九万:我再给你介绍个人,李主任。外科专家,专门割痔疮,一刀十万!呀,李主任,你头上怎么印了个屁眼啊!

【李主任有些不知所云,他摸了摸头上的印,再看看手里的一筒,然后在头上比了比。

李主任:咳,我单吊一筒,就等这张牌,不知不觉就按在头上了,结果……我说他们怎么没人放铳呢!一筒。

牌友:胡了!

【大家哄笑起来。

【麻向东苦笑着点点头。

【胡九万又带着麻向东走到蒋先生身边。

胡九万:蒋先生,今天玩得开心么?

蒋先生:哎呀,胡先生,你这里真是高手云集呀,我可是见识了。

胡九万:我这儿不单高手云集,还高人辈出呢,这是幺鸡的老公,麻向东,大学教授,跟您算是半个同行吧!

蒋先生：幸会幸会，陈女士人长得漂亮，牌打得也好，麻先生好福气呀！

【胡九万小声的。

胡九万：这是个老华侨，刚从国外回来，听说以前是搞教育的。

【胡九万对大家。

胡九万：跟大家隆重介绍一下，这是幺鸡的老公，麻向东，以后就是我亲兄弟了！

牌人甲：九爷，人家姓麻，你姓胡，能是亲兄弟吗？

胡九万：我们俩这姓，比亲兄弟还亲！今天我高兴，每桌一壶龙井，我请客！

【大家欢呼起来。

牌人乙：九爷，趁着高兴，把你那宝贝拿出来，让我们开开眼吧。

李主任：就是就是，早就听说了，今天我算没白来。

胡九万：好，你们等着！

【胡九万捧出一个小包袱，里三层外三层地包着一个木盒子。

【胡九万小心翼翼地打开盒子，里面是一副麻将牌，大家发出一片惊呼。

牌人甲：真是好东西啊！

胡九万：那当然，这可是象牙的，快一百年了！

牌人乙：不会是塑料的吧！

胡九万：瞎说，这可是当年汪精卫的东西。

【麻向东也凑上去看着麻将牌。

牌人乙：汪精卫不是大汉奸么？

麻向东：汪精卫原名汪兆铭，精卫是他的笔名。他，参加过辛亥革命，担任过《民报》编辑，曾去过法国留学，刺杀过摄政王载沣，是个地地道道的革命党，可是在抗日战争时期，他投靠日本，成立南京伪国民政府，当了大汉奸，所以从汪精卫这个人身上，我们可以看出历史的两——

陈幺鸡：有你什么事儿啊！

胡九万：还是你有学问。

牌人乙：汪精卫那会儿有麻将么？

胡九万：废话，怎么没有啊，这……麻将就是汪精卫发明的！（向麻向东求救）是吧？

麻向东：麻将不是汪精卫发明的！

牌人乙：我就说吧！

麻向东：麻将起源于明朝，传说是江苏太仓的护粮牌，是人们为了保护谷仓不被麻雀偷吃，发动人们用枪打麻雀才产生的。所以麻将在南方又叫麻雀。（随手拿起一张牌）比如这张红中，是打中的意思。

胡九万：嘿，教书的人就是不一样！

牌人乙:那万、条和筒呢?

麻向东:万是赏钱,条是穿麻雀的绳子,筒是火枪呀!

胡九万:你这样的人才,要是在我这麻将馆待一个月,我保证你打遍杭州无敌手。

麻向东:(苦笑这摇摇头)我没兴趣!

胡九万:唉!可惜了!

发财:九爷,他不想学,你教我呗!

胡九万:你没天分!一年也学不会!

发财:你这麻将馆,还打算再开一年?

胡九万:只要我不死,这麻将馆就不能关!

发财:拆迁的事儿,你没听说呀?

胡九万:拆迁?

发财:听我们家老爷子说,这里作为高速公路延长线,已经统一划归到拆迁区域了。

胡九万:啊?

【收光。

第二场

【舞台一角启光。

【四个牌人在舞台的一角洗牌。

牌人甲:唉,凳子三条腿!摔人!

牌人乙:桌子三条腿,不稳!

牌人丙:男女三角恋,折腾!

牌人丁:麻将三缺一,闹心!

牌人甲:这打麻将就是图个乐,可你们不是这个有事儿,就是那个不在,能乐得起来么?

牌人丙:没错,今天谁也不能离桌啊,天塌下来,也得给我坐这儿。

牌人丁:就是就是,我听说2008年汶川地震之后,余震不断,四个老太太在屋里打麻将,房一晃谁也不跑,第一件事是把牌扣起来,等余震过了回来接着打,你们看看人家这境界。

牌人丙:这才叫把生死置之度外呢。

【在四个牌人说话的时候,红中麻将馆的区域启光,胡九万和两个由舞美队员扮演的牌友向牌人乙打招呼。

胡九万:孙主任!

【牌人乙站起身。

牌人甲:哎哎哎,老万,你干吗去?

牌人乙:不好意思啊,那儿三缺一,我去补个缺,一会儿就回来。

牌人丙:没你这么干的,你上那桌补缺,我们这桌怎么办?

牌人乙:没办法,大家多包涵,戏比天大呀!

三人:滚——

【牌人乙灰溜溜地走到麻将馆里扮演孙八筒,瞬间变换了身份和状态。

【孙八筒和胡九万打麻将。

胡九万:驳壳枪(七饼)!

孙八筒:胡了!

胡九万:哎哟,没注意没注意。

孙主任:老胡啊,你他娘怎么又输了,上次在老子的地盘,你说手风不顺,这次在你的地盘你还输,这就说不过去了。你不是牌神吗?

胡九万:我就这水平!什么牌神,都是瞎扯的。

孙八筒:不过瘾,太他娘不过瘾了。其实,这输赢都是其次,主要是跟你打牌,我求之不得,咱们认识快十年了吧,要说同桌打牌,还是这两月的事呢!所以老子挺感谢这拆迁工作的,要不是有这个机会,你胡九万能陪我打牌么?

胡九万:好说好说,只要您看得起我,陪您打打牌算什么呀!

孙八筒:得了吧,我在你眼里我孙八筒算个啥!你不为求我办事,能输给老子这么多钱?

胡九万:好长时间不打,牌技退步了,不过也是您孙主任手壮牌好,想不赢都不行。

【角落的三个牌人像闲聊天,又像是在评说舞台上发生的故事。

牌人甲:听说了吗?出大事了。

牌人丙:什么大事?

牌人甲:胡九万栽了。连输三天,好几万没了。

牌人丁:是遇上局了吧,要不凭他的道行,怎么会输成这样。

牌人丙:那也不至于呀,去年余杭区给他设了个局,三人串通好了,结果胡九万一挑三,把那仨人打服了?

牌人丁:遇上高手了吧?

牌人甲:别瞎猜了,你们知道赢他的是谁么?

牌人丁:谁?

牌人甲:上城区的孙德茂,外号叫孙八筒。

牌人乙:他呀?前年我还跟他打牌呢,赢钱就开溜的主儿,两年不见成精了?

牌人甲:他现在是上城区高速路工程拆迁办的主任,这个棋牌室正好在拆迁范围内,胡九万想搬迁以后要一间门脸房继续开麻将馆,明白了吗?

【麻将馆的光区。

孙八筒:老胡啊,我怎么老胡啊!你这事儿不好办啊,咱们虽说是熟人,理应照顾照顾,可我现在是拆迁办主任,是国家干部,身不由己啊。要是拿国家的职位做人情,我可是要犯错误的。

【麻将馆的光区收光。

【牌人乙换掉孙八筒的服装走了回来。

牌人乙:不好意思不好意思,大家久等了,咱们开始吧!

【钱副局长家启光,十三幺一个人看着四个牌人。

十三幺:老钱,钱副局长!

【除牌人乙之外的三个牌人都站起来。

牌人乙:哎哎哎,你们干吗去啊?

牌人甲:(指指十三幺)你刚才补三缺一,现在我们要去补一缺三了！没办法,戏比天大！滚！

【三个牌人走到钱副局长家的区域,牌人甲扮演钱副局长,两个牌人扮演牌友,四个人开始打牌。

牌人丙:蒙杠(一万)！

十三幺:胡了,就等这张呢！

牌人丁:嘿,你看看嫂子这牌打的,真专业,你放铳包全家啊！

牌人丙:好好好,我包全家,(对十三幺)您这牌是杠飘,还得翻番呢！

十三幺:(得意的)我去倒点水,你们也休息休息。老钱,换茶叶。

【十三幺和钱副局长起身下场。

【牌人甲如释重负地。

牌人丙:这钱终于输出去了。你怎么样,够数了吗？

牌人丁:早呢,她这牌打得也太臭了,我往她嘴里喂她都不知道吃。

牌人丙:唉,都是为了孩子啊,要是不把这十万块钱输完,我儿子上重点中学就没希望了。差了十分,一分一万啊！

牌人丁:还是你厉害,我折腾一下午了,才输了三万多！

牌人丙:别着急,咱们费这么大劲,不就是为了不让孩子输在起跑线上吗?

牌人丁:孩子还没上起跑线,咱们先得学怎么输,真够讽刺的。

【麻向东提着两瓶五粮液上场。

【十三幺给麻向东开门。

麻向东:您好,请问是钱副局长家吗?

十三幺:你是!

麻向东:我姓麻!是应用文理学院的历史老师!

十三幺:哦,你是小陈的爱人吧!

麻向东:是!

十三幺:小陈昨天给我打过电话,她怎么没和你一起来呀?

麻向东:她有个牌局,打麻将去了!

【十三幺对钱副局长耳语。

钱副局长:哦,请坐!

【两个牌人小声的。

牌人丙:看见没,又是求钱副局长办事的。

牌人丁:你觉得有戏么?

牌人丙:求人办事儿就带两手榴弹,这是二十年前的规矩。

【麻向东坐在一边。

牌人丙:(看表)时候不早了,我就不打扰了,您这儿(看麻向东)还有正事儿呢!

十三幺：行，那我就不留你了，有空再一起玩。

牌人丙：一定一定！

【牌人丙千恩万谢地下场。

十三幺：（对麻向东）我们这儿三缺一，你玩会儿？

麻向东：（摆摆手）我不会打麻将！

【牌桌上的三个人都是一愣。

十三幺：哦，你来是……

麻向东：我找钱副局长谈点事情。

十三幺：哦，那你们先谈吧！

钱副局长：你刚才说在哪家学校？

麻向东：应用文理学院。

钱副局长：是刚刚合并的那间学校吧！

麻向东：是！我们校长找我谈话了，说合并后学校用不了那么多历史老师了，要把我调到后勤，或者自谋出路。局长，我十八岁上大学，到今天都工作快二十年了，就没离开过历史，您看，这是我发表的学术论文，还有优秀教师的证书。

【麻向东拿出一沓资料给钱副局长看。

钱副局长：哦……那你找我有什么事情吗？

麻向东：我想求您帮忙，继续留在学校教历史课。

【静场，只能听见码牌的声音。

钱副局长:小麻,你这个忙我帮不了啊!于公,这是你们学校的决定,我是没办法干涉的,于私,我们都是教育行业的,作为教师,要为人师表,一切从组织的需要出发,组织上需要我们到哪里,我们就到哪里,教育工作不能分三六九等嘛!

麻向东:可是局长,我……

钱副局长:(站起身)你请回吧!

【麻向东垂头丧气地站起身,把两瓶酒摆在桌子上。

钱副局长:等一等,把你的东西拿走!

麻向东:钱副局长,这是送您的,不成敬意。

钱副局长:拿走拿走!

【两人推辞。

钱副局长:(把酒硬塞到麻向东手里)拿走!你知道你在做什么吗?你这是明目张胆的行贿。作为一名国家干部,我决不能拿国家的职位做人情。太不像话了……

【收光。

第三场

【启光。

【红中麻将馆。

【胡九万和麻向东面对面坐着喝酒。

胡九万:兄弟,这不怪你,你是做学问的人,哪儿懂这里面的门道啊!

麻向东:所以我才这么失败!我就喜欢历史,就喜欢一辈子站在课堂上给学生们讲课。唉,老祖宗的东西,算是毁在我手里了。再过五十年,可能我们连秦始皇和汉武帝都不知道是谁了。

胡九万:我知道,秦皇汉武,唐宗宋祖……

【麻向东吃惊地看着胡九万。

胡九万:我就记得这两句!

麻向东:老胡大哥,就凭这一点,我就能看出来,你是有理想的人。

【两人碰杯。

胡九万:我的理想,就是死在牌桌上。

麻向东:(哑然失笑)啊?

胡九万:可没有麻将馆,我能干什么呀?我为了要间门脸房,天天在拆迁办陪人家打牌,还不能赢,只能输。

麻向东:要来了么?

胡九万:要个屁呀,五万块钱,打水漂了!这他妈孙八筒,以前张嘴就骂街,到这儿打麻将吃碗面条都赊账,现如今摇身一变成了拆迁办主任,还玩儿上瓷器了,倒退五年,他们家除了抽水马桶以外能找出一件瓷器来,我把胡字倒着写!

麻向东:附庸风雅罢了,这年头,越是没文化的人越需要用文化包装自己。

胡九万:所以呀,他附庸风雅,我就得投其所好!

【胡九万从柜台里拿出一个布包,打开里面是一个青花瓷瓶。

麻向东:真漂亮!

胡九万:那是,小十万块钱呢!这么好的东西孝敬孙八筒,真没天理!这瓶子摆在你家里才对!

麻向东:这是你买的?

胡九万:预定了,还没给钱呢,说是光绪年间,汝窑的。

麻向东：要是光绪年的，就不该是汝窑的。

胡九万：为什么呀？

麻向东：汝官哥定钧，说的是宋代五大名窑，青花瓷是元代才出现，清代的瓷器，只分官窑和民窑的。

胡九万：嘿，幸亏让你看了一眼，要不非挨坑不可，行啊兄弟，真是文化人，连瓷器都懂！

麻向东：我不懂瓷器，这都是从历史书上看的。

胡九万：这历史，真他娘的是个好东西！难怪你离不开！

麻向东：死要面子活受罪呗，让我做生意，我不是那块料，让我溜须拍马往上爬，我又放不下斯文。想想看，要脸没什么好啊，可让我干那不要脸的事儿，我还真干不出来。

【两人都喝得有些醉，相视大笑起来。

胡九万：教书有什么不好，我就佩服教书的，能对着那么多人一讲就是四十分钟不带重样的，要是把我放讲台上，我连个屁也放不出来啊！哈哈！等等，你最近要没什么事！那你教我吧……

麻向东：(已经喝得晕头转向)我，教你？我能教你什么呀！

胡九万：教历史啊，我算看明白了，这历史里学问太大了，起码明白历史，能让人不吃亏！

麻向东：以史为镜，可以知兴替，可惜很多人不明白这个道理,总是重蹈历史的覆辙。

胡九万:所以我想学呀!放心,不让你白干,一节课五百块……

麻向东:别谈钱!

胡九万:妹夫,不,兄弟,喝!

【两人喝得昏天黑地。

【陈幺鸡上场。

陈幺鸡:(看到麻向东和胡九万)你们两个倒是逍遥自在,在这儿喝上了。事办得怎么样了?

麻向东:喝了!

陈幺鸡:不是让你求钱副局长帮忙吗,让你送的酒呢?

陈幺鸡:麻向东,你长本事了啊,你也配喝这么贵的酒,我……

胡九万:让他喝吧,他今天心情不好……

陈幺鸡:从嫁给他那天开始,我心情就没好过。还有你,麻将馆都快没了还有心思喝酒,没了麻将馆,你让我们这些人到哪儿去,一点责任感都没有!(看麻向东)还有你!

【陈幺鸡下。

麻向东:嫁给我那天起心情就没好过!

胡九万:责任感?

【收光。

第四场

【启光。

牌人甲:凳子三条腿,摔人!

牌人乙:桌子三条腿,不稳!

牌人丙:男女三角恋,折腾!

牌人丁:麻将三缺一,闹心!

牌人甲:停,我说你们就不能编点新词么,天天桌椅板凳男女关系,俗,太俗!

牌人乙:你有文化,编个不俗的啊,这打麻将本来就是俗人的勾当,文化人谁打麻将啊!

牌人丙:越是有文化的人,越喜欢打麻将,比如梁启超,号称麻仙儿,一打起麻将来废寝忘食,通宵达旦。

牌人丁:没错,我听说大文学家胡适也喜欢麻将,不过他不喜欢打,喜欢看!

牌人乙:那是为什么啊?

牌人丁:手太臭呗!

牌人甲:没错,所有以文化为借口不打麻将的人……

【麻向东的家,麻向东和陈幺鸡坐在桌子的两头。

陈幺鸡:都是装孙子!

麻向东:就是,要是你去就好了,还能和她们打打麻将,联络联络感情。

陈幺鸡:你见过哪个男人办事,要老婆和别人联络感情的,亏你说得出口。

麻向东:那我又不会打麻将,去了也是白去。

陈幺鸡:不会就学啊!

麻向东:我们家从我太爷那辈起,就没有一个会打麻将的人,我太爷是前清的翰林,我爷爷是燕大的教授,我爸是中学校长,到我这辈还是教书育人。

陈幺鸡:假清高!难怪你这么没出息,原来是遗传。看来我的任务还是蛮艰巨的。

麻向东:什么任务?

陈幺鸡:教你打麻将啊,你们家已经没出息四辈了,想改变命运,就要有所突破!

麻向东:算了吧,让我学打麻将,还不如让我去看仓库呢!

陈幺鸡:我这辈子跟你就没有共同语言,你是不是觉得打麻将特丢人呀?

麻向东:不丢人,可我不喜欢呀。

陈幺鸡:饭碗都快砸了还管你喜欢不喜欢?

【麻向东低头不语。

【胡九万上场。

胡九万:隔着门就听见你喊了。

【陈幺鸡迎上来。

陈幺鸡:九爷啊,我正念叨你,你就来了!

胡九万:念叨我?

陈幺鸡:是啊,想让这书呆子到你那儿学学打麻将,省的一天到晚净说些傻话,惹我生气!

胡九万:我兄弟,学麻将?不行,不行啊!

陈幺鸡:怎么不行?

胡九万:麻将,那是俗人的勾当,往小了说,叫玩物丧志,往大了说,能祸国殃民。让我兄弟学麻将,这不是逼着千里马学驴拉磨吗!

麻向东:老胡大哥,(拉着胡九万的手)理解万岁!

陈幺鸡:嘿,你俩什么时候改穿一条裤子啦!气死我了!

胡九万:我兄弟这么大学问,你还有什么不满意的,我要是有他一半,也不会混成现在这样了。

陈幺鸡:你就别夸他了。你不在麻将馆,到我这儿干什么啊?

胡九万:来上课啊!

陈幺鸡:上课?给谁上课?

胡九万:给我上课啊!昨天我们喝酒的时候,我兄弟答应给我上历史课啊!兄弟,记得吧?

麻向东:好像有点印象。胡大哥,我昨天喝多了,随口说的话,你还当真啊!

胡九万:你喝多了,我没喝多,我是认真的。

麻向东:可是……我……

胡九万:你就答应我吧,我知道,你打心眼里看不起我这号人。可我从心眼里佩服你们有学问的,你就让我攀个高枝儿,附庸风雅一回。

麻向东:胡大哥,我没看不起你。

陈幺鸡:就是,有学问管什么用啊,照样喝西北风。他都混成这样了,还好意思看不起别人!

胡九万:古人说,书中自有颜如玉,书中自有黄金屋,我兄弟没有学问,能把你娶到手吗?

陈幺鸡:我这个颜如玉瞎了眼,掉猪窝里了,这辈子是没有住黄金屋的命了。

胡九万:那不一定,跟着我兄弟,饿不着你。拿着!

【胡九万掏出一叠钱。

麻向东：胡大哥，这是……

胡九万：一节课五百，咱们讲好的，这是今天的课时费，一千块！

麻向东：胡大哥，给你讲课可以，这钱我不能要，我……

陈幺鸡：你什么你，人家九爷这么看得起你，你还有什么不愿意的。九爷，你太客气了，凭咱们的关系，提钱就俗了啊！

【陈幺鸡把钱揣进兜里。

【陈幺鸡的手机响起来。

陈幺鸡：喂，蒋先生啊，是我，打牌啊，在哪儿，好，我马上就到，哎呀，不就是几百块钱嘛，对你来说，毛毛雨啦！

【陈幺鸡收拾衣服出门。

胡九万：上哪儿啊，穿成这样？

陈幺鸡：万豪酒店。你还记得那个蒋先生吗？

胡九万：啊！

陈幺鸡：这几天我们每天去他住的地方陪他打牌，那老头牌瘾挺大，打得特臭，老输钱。

胡九万：你们串通好赢人家吧？

陈幺鸡：有这样的冤大头，不赢白不赢。

麻向东：当心把你自己输进去！

陈幺鸡:输进去我也乐意!

【陈幺鸡下场。

【麻向东望着陈幺鸡的背影,叹了口气。

【胡九万打量着麻向东家满满一柜子的书。

胡九万:这些书,你都看过?

麻向东:是啊,还有一大半在箱子里,地方小摆不下了。

胡九万:你说像我这样的,应该看点什么书合适啊,能迅速普及一下的。

【麻向东想了想,从书柜上拿出一本《上下五千年》。

麻向东:这本书属于小学生的课外读物,把这本书看完,你就知道中国历史大概是怎么回事了。

胡九万:上次你说麻将是因为什么拿枪打鸟才发明的,这里面也有?

麻向东:没有,那是在野史里才有记载,不过那都属于传说,不能当真。

胡九万:那到底是真的是假的啊?

麻向东:历史本来就是真真假假,靠人们心口相传才延续至今,对同一件事,有很多不同的看法。上次我说的,只是一种可能性。

胡九万:那还有什么可能性!

【麻向东来了兴趣。

麻向东:老胡大哥,我忽然发现和你聊历史,有点学术讨论的意思。

胡九万:只要是麻将,我都感兴趣!

麻向东:关于麻将的起源,还有一种说法是郑和发明的,你知道郑和吗?

胡九万:好像叫什么八宝大太监?

麻向东:三宝,三宝太监,他是我国明代著名的航海家,外交家。传说是郑和利用船上的毛竹做成竹牌,刻上文字图案,在吃饭的方桌上玩。"红中"代表中原大地。"发"字暗合航海的经商名义,发财的数量从"一万"到"九万"。船上粮食以大饼为主,于是,一饼到九饼;饼吃得腻了,换鱼吧,一条到九条鱼。行船靠风向,有了"东"、"南"、"西"、"北"风。白板代表白茫茫的大海。

胡九万:那应该叫八宝,啊不对,三宝,三宝太监牌啊,怎么叫麻将呢?

麻向东:据说船员中,有一个姓麻的将军,屡战屡胜,久而久之,竹牌正式取名"麻将"。

胡九万:姓麻,也许是你老祖宗也说不定呢!

【麻向东苦笑。

麻向东:也许吧!得推敲!

胡九万:我就说你不是凡人。(摩挲着手中的书)早知道历史这么有意思,我上学的时候就该好好学习。

麻向东:是啊,其实换个角度看,麻将也还是挺有文化的。

【两人对视,然后相视一笑。

【舞台一侧的光区里,陈幺鸡正在陪蒋先生打麻将。

【陈幺鸡开朗地大笑。

陈幺鸡:蒋先生,您别送了,回去吧!

蒋先生:没事,我再送送你!

陈幺鸡:你说你打麻将怎么老是输呢,赢得我都不好意思了。

蒋先生:该赢的输不了,该输的赢不成,这麻将不就是输输赢赢才有意思吗?

陈幺鸡:可也没有你这种输法呀!

蒋先生:输点钱算什么呀,我就希望你能开开心心的,这比什么都重要?

陈幺鸡:是啊,过日子那点鸡毛蒜皮,烦心事太多了。

蒋先生:所以呀,这才是你我打麻将的目的,开心就好。

陈幺鸡:开心?

蒋先生:是啊,男人的责任,不就是该让女人开心一点吗?

陈幺鸡:只可惜不是所有男人都懂这个道理。

蒋先生:(意味深长的)我懂……

【此光区隐去。

【麻向东和胡九万两个人在打牌。

麻向东:我出……五万!

胡九万:拿回去!你怎么还不明白啊!你不能出五万!

麻向东:胡大哥,我这是对对和的牌,五万没用啊!

胡九万:那你也不能打,我刚才教你算牌,你都忘了。

麻向东:没忘啊!

胡九万:那我应该胡什么牌啊?

【麻向东看看牌桌上的牌,再看看自己的牌。

麻向东:不是五万就是七万。

胡九万:对呀,我是七小对单吊五万的牌,你打五万不是放铳吗?

麻向东:可是这张五万我没用啊,总不能把其他牌拆了呀!

胡九万:兄弟,这打牌跟学历史一样,你不是跟我说过吗,我们看到的历史,都是各个朝代的皇帝为了巩固统治筛选拆分过的,这打牌也是如此。该拆就得拆,宁可不和,也不能成全别人。

麻向东：心里太阴暗了。

胡九万：打麻将，就是要打上家拦下家算计对门。就你这样，怎么去钱局长家打牌呀？

麻向东：我去他家只要输钱不就行了。

胡九万：你以为输钱容易啊，怎么喂牌怎么送牌怎么放铳怎么抬轿子，没有赢钱的本事，输都输不出水平。

麻向东：这也太难了。

胡九万：你以为呢，别老看不起我们打麻将的，会打麻将的人，没有办不了的事。

麻向东：可这么耗着，谁也胡不了啊！

胡九万：那就流局，谁也别胡。

麻向东：为什么呀？

胡九万：打麻将是三打一，所以你永远都处在下风，能不输就算赢，放铳的事儿让别人干。记住了，我好不了，谁也别想好！

麻向东：（重复）我好不了，谁也别想好？

【收光。

第五场

【启光。

牌人甲:这两人话太多了,赶快码牌,一会儿说不定谁又得补缺呢。

【红中麻将馆里,胡九万和另一个由舞美队员扮演的牌友上场。

【钱副局长家,十三幺和麻向东上场。

【四个刚刚上场的人看着四个牌人。

胡九万:孙主任!

十三幺:老钱——小麻来了!

牌人甲:得,两桌二缺二,这回咱们四个谁也别说谁了。

牌人丙:等等,都别动!

牌人丁:干吗呀?

牌人丙：把牌都扣起来，一会儿接着打！

三牌人：专业！

【四个牌人扣好牌，然后走到各自的演区里。

【红中麻将馆。

【胡九万和胡九万等人在打牌。

孙主任：胸罩（二饼）！

牌人丙：裤衩（三条）！

胡九万：扒开（八万）！老胡，你今天得亮出点真本事。

【钱副局长家。

十三幺：四万！

牌人丁：红中！

钱副局长：幺鸡！

麻向东：南风……您要么？

十三幺：你问我干什么，打你自己的就好了。碰！

钱副局长：哎呀，哪有你这样打牌的，什么牌都碰，一点技术含量也没有。

十三幺：我愿意，要你管！

钱副局长：什么话，自古赌场无父子，况夫妻乎！小麻，跟我打牌要尽情，该赢的牌，绝不能输，要是让我知道你们故意放水，我可是要生气的。

十三幺：八万！

麻向东：我……我胡了！

【麻向东把牌一推。

十三幺：不错啊，小麻，这是你今天胡的第一把吧！

麻向东：是啊，屁胡！我就这水平！

钱副局长：屁胡好，屁胡踏实，现在的人都急功近利，没人愿意一步一个脚印稳扎稳打，小麻，你很有原则嘛！

十三幺：你们是聊天还是打牌呀！

【麻将馆。

胡九万：我胡了！

牌友：青豪七单吊三万，难怪他们管你叫牌神，我今天算是见识了。

胡九万：运气运气！

孙八筒：老胡！其实你想开麻将馆，我特别赞成，老子也打麻将啊！可门脸房就那么几间，求我的人又多，我……

胡九万：我懂，我懂！孙主任，听说您最近研究瓷器了？

孙八筒：瞎玩，我不能总当个大老粗，也得他娘的提高点档次啊！

胡九万：我最近刚得了一件瓷器，您给掌掌眼！

孙八筒：好东西呀，这是……永乐青花？

胡九万：孙主任好眼力！

孙八筒：地道，真他妈地道，你看看这蓝色烧的，颜色多正啊，现在永乐青花存世的不多了，这么大的瓶子得上百万了，你这是……

胡九万：仿的，不过不是新仿，是老仿，清代的。

【孙八筒热情减半。

孙八筒：哦，我说呢，现在永乐青花都是国宝级了。你他娘要是弄个真品，够挨枪子儿的罪过了。

胡九万：是啊，永乐青花存世量太少了。

孙八筒：据说好的永乐青花都在海外呢！

胡九万：是，南洋和阿拉伯地区比较多。

孙八筒：娘的，肯定是让八国联军抢走的。

胡九万：不是不是，阿拉伯和南阳的永乐青花，都是送出去的。

孙八筒：谁送的？真他娘败家子儿！

胡九万：郑和，您听说过么？

孙八筒：那个单位的？

胡九万：郑和是明朝人，著名的航海家和外交家，离现在有好几百年呢！

孙八筒：咳，郑和下西洋啊，老子中学就学过。

胡九万：对啊，就是那个郑和，当时郑和的宝船上，带了大量的瓷器，作为贸易品出口到南洋和西洋各个国家。

孙八筒：那也别拿这么好的东西往外卖啊，外国人懂什么啊,弄两夜壶他们就美得屁颠屁颠的。

胡九万:那是因为当时永乐皇帝为了追求万国来朝的辉煌盛景,所以很多瓷器烧制时不计成本,非常精美。

孙八筒:老胡,原来你不知是牌神,还他娘是个文化人,走,我们继续!

【钱副局长家。

钱副局长:北风!小麻呀,我记得上次你和我说你想留在学校,是怎么回事呀?

麻向东:哦,我就是想等学校合并后,继续教书!

钱副局长:教书好啊,现在这么有责任心的老师不多了。

麻向东:其实我也没什么大抱负,就是梦想一辈子站在讲台上教历史!

钱副局长:那你对打麻将的历史有研究吗?

麻向东:麻将的起源有很多种说法,其中最有意思的是说麻将跟《水浒传》有关。

钱副局长:这我倒第一次听说!

麻向东:传说明朝有个叫万秉章的人,最崇拜的就是施耐庵笔下的梁山好汉一百〇八将,他就用一百〇八将,和自己的名字,创出了万、条、筒三种花色。

钱副局长:有意思,太有意思了。

麻向东:(打出一张九条)就说这九条吧,代表的是九纹龙史进。

钱副局长:(出牌)二条呢!

麻向东:二条像一对鞭子,就是双鞭呼延灼。

牌友:(亮出手里的牌)那这一筒是宋江吧!一统江山!

麻向东:(摇摇头)一筒劈开,是两把斧子,一筒是黑旋风李逵。

牌友:原来李逵是屁眼啊!

钱副局长:说什么呢,小麻呀,我们的老师要是对待专业都像你一样,那我们的教育事业就有希望了。

【红中麻将馆。

【孙八筒鼓掌称赞。

胡九万:我又胡了。

孙八筒:厉害,老胡,你这个朋友,我交定了,以后你就跟着我,我带你走一走上层路线,你不知道,我这个拆迁办主任,就是陪领导打麻将打来的。凭你胡九万的水平,那不得弄个局长厅长当当啊!

【此光区隐去。

【钱副局长家。

麻向东:胡了!

钱副局长:这把大了,老麻,你这是三牢桩,七小对,三豪三飘,这是……

十三幺:两千零四十八番啊……

麻向东:我……我打错了,这……局长,我……这把不算啊!

【钱副局长把牌一推。

钱副局长:痛快,真痛快,这才叫打牌呢,小麻,你这个忙,我帮定了!

孙主任:老胡,明天上我那拿钥匙!

钱副局长:下学期浙江大学历史系主任退休,我看这个位置非你莫属!

【麻向东回味着这句话,呆呆地坐在椅子上。

【钱副局长等人下,舞台上只留下麻向东一个人。

【场景转换为红中麻将馆。

【胡九万和麻向东在两个空间。

胡九万:我赢了,他们非但不生气,还挺高兴?

麻向东:我心里越来越没底了。

胡九万:我也是,你说这帮人是不是贱骨头啊,我输钱给他们,始终办不成事儿,把他们赢了,反倒拿我当朋友。

麻向东:也许他们这样的人,缺的不是钱,或者,不仅是钱吧!

【两人在同一空间相遇。

胡九万：兄弟，我正想跟你喝两杯呢。

麻向东：不了，我得把这个消息告诉小陈，让她也高兴高兴！

胡九万：哦，我差点忘了，小陈没在家。这是他给你留的信！

【胡九万从柜台里拿出一封信递给麻向东。

【麻向东打开信。

【舞台后方的光区里，陈幺鸡拉着一个箱子，和蒋先生走着。

【麻向东看着陈幺鸡的信，胡九万也凑过来看。

陈幺鸡：向东，结婚这么多年，我一直在数落你，责怪你，其实到现在我才明白，那不是你的错，因为我们根本就是两个世界的人。你是学历史的，总是在过去中寻找今天的影子，可喜欢打麻将的人看重的却是那种不可预知的快乐，因为这才是生活。历史和麻将，就像你和我一样，永远只能存在于两个世界。但我更愿意活在现实里，因为历史是会改变的。

【麻向东手里的信落在地上。

【胡九万摇摇头。

胡九万：他妈的，这不是截胡吗！兄弟，别往心里去，凭你这学问，什么样的女人找不到呀！等将来我的麻将馆开张了，里面的女人随你挑。

麻向东：我只想找一个不打麻将的女人。

胡九万：不打麻将的女人？

麻向东：胡大哥，有烟么？

胡九万：你不是不抽烟么？

麻向东：历史是会改变的。走，喝酒去！

【麻向东和胡九万下场。

【收光。

第六场

【启光。

【一个月后。

【一个全新的红中麻将馆。

【孙八筒、钱副局长和胡九万坐在一张麻将桌上。

钱副局长:凳子三条腿!摔人!

孙八筒:桌子三条腿,不稳!

胡九万:男女三角恋,折腾!

三人:麻将三缺一,闹心!

孙八筒:老钱,你找这人怎么到现在还不来啊?

钱副局长:放心吧,肯定来,他就住这附近。

【钱副局长拨电话。

钱副局长:喂,向东啊,你到哪儿了,都等着你呢？

【麻向东急匆匆上场。

麻向东：我已经到了，马上进门！

【麻向东走到牌桌旁，看到胡九万，两人都愣住了。

麻向东：胡大哥！

胡九万：兄弟！

两人：怎么是你呀！

钱副局长：你们认识？

两人：认识！

孙八筒：那更好，熟人就甭介绍了，开始吧！

胡九万：孙主任，我们和您两个打牌，这……合适吗？

孙八筒：有什么不合适，你他娘以为我要跟你合伙抬老钱轿子啊！

胡九万：我……我不是那个意思……

钱副局长：就是，向东，知道我为什么叫你来吗？因为你简单，跟你打麻将，没那么多乱七八糟的事。我平时也打麻将，可那种打法没意思，今天咱们就打麻将，不谈别的。

麻向东：局长，我……

孙八筒：没错，在拆迁办天天赢，没劲透了，老胡，今天你们他娘的都把本事给我拿出来，八仙过海,各显其能。

【胡九万和麻向东对视。

【四个人洗牌,然后码牌。

孙八筒:牛逼,这象牙的麻将感觉是不一样,你听这声。

胡九万:汪精卫的东西,能不好吗!

孙八筒:他一个卖国贼用这么好的麻将,可惜了,哎,你们说,按现在的说法,咱们这算不算是触摸历史的气息呀?

钱副局长:你这水平,就别聊历史了,向东是浙江大学历史系主任,别招人笑话。

孙八筒:哟,文化人啊,我就喜欢文化人,所以爱跟老胡打交道。

胡九万:您别骂我了,我肚子里那点货,有多一半都是向东兄弟教的。

【大家看着麻向东。

【麻向东低头看牌,非常认真,根本没有理会大家。

麻向东:我的庄,我先出了啊!长江黄河浪滔滔!

【大家都是一愣。

胡九万:兄弟,你说什么呢?

麻向东:长江黄河浪滔滔啊,就是九条。

孙八筒:我服了,真是文化人啊,打麻将跟念诗似的。

钱副局长：这是麻主任最新的研究成果,古人打麻将,不像咱们这么没文化,每一张牌,都有相对应的诗词,而且句句合辙押韵。

孙八筒：发财！这叫什么呀？

麻向东：出水蛤蟆水上漂。

胡九万：二条呢！

麻向东：横吹笛子竖吹箫。

钱副局长：三条！

麻向东：一山更比两山高！我出四筒,这叫四面埋伏逗英豪！

孙八筒：服了,向东兄弟这学问搁前清,那他娘的就是状元啊！

钱副局长：那是,所以我才让他当系主任啊,我的眼光,不会错的。

【大家继续打牌。

胡九万：兄弟,你都当系主任了,恭喜啊！

麻向东：咳,我这个系主任,也就是么回事。

【在两人的谈话中,钱副局长和孙八筒渐渐隐去。

胡九万：你这是得着便宜卖乖啊,你的理想不就是把历史文化传下去吗？

麻向东：是啊,可我现在每天的工作,就是坐在办公室,抽烟喝茶看报纸,要不就是各种各样的大会小会,没人让我教学生啊!

胡九万:那是好事儿啊,风吹不到雨淋不着,再也不用站在黑板前吃粉笔末了。

麻向东:可离开了黑板,离开了历史,我还有资格谈理想吗?

胡九万:那你也比我强多了。

麻向东:我看你这麻将馆,开的有声有色呀,比以前还大了不少。

胡九万:我现在一个星期有五天都陪人打牌,有我这牌神作陪,孙主任打通了不少关系,过几天余杭区那边的一个拆迁项目又是他负责。

麻向东:反正你也喜欢打麻将,跟谁打不是打呀!

胡九万:我那种打法,哪儿叫打麻将呀,每天陪着各种人拍马屁,看着他们一个个逢场作戏,阿谀奉承,现在打麻将对我来说,就是煎熬。

麻向东:可我现在,只能在麻将里找点乐子,钱副局长说我对麻将有研究,那是扯淡,我就是闲的无聊。

胡九万:闲的无聊你看历史啊!你说过,大到一个国家,小到每一个人,甭管怎么折腾,历史早有先例。

麻向东：可现在只有坐在麻将桌前，品味着其中的文化，和打麻将的人聊聊麻将的历史，我才能感觉到自己的心跳，我才能确定自己是在活着。

胡九万：可无论怎么活，这人还是老样子，无非是折腾自己算计别人，到头来一场空欢喜。就像打麻将一样，没有真正的赢家。

麻向东：麻将，是我身边唯一一个还能和历史沾边的东西。就像历史一样，麻将里有天地万物的精彩，有宇宙轮回的规律。

胡九万：历史，能让我看透身边的一切。就像打麻将一样，别人的一举一动，想出什么牌，想胡什么牌，都逃让不开你的眼睛。

麻向东：小小的方寸世界，包含着芸芸众生。

胡九万：一切的输赢成败，全都是过眼云烟。

麻向东：我要打麻将！

胡九万：我不打麻将了！

【收光。

尾声

【启光。

【红中麻将馆里人头攒动,非常热闹。

【一个牌友带着两个扛着摄像机的人走进麻将馆。

牌友:东哥,东哥在吗?

【麻向东换了一身中式的衣服,手里端着一个茶壶,一改以前的装束,笑着上场,和大家打招呼。

麻向东:谁找我呀!哟,三筒,有日子没见了。

牌友:东哥,我给你介绍两个人。这是"Discovery"探索频道驻亚洲区的制片人,他们想约你做一期关于中国麻将的节目。(对两个人)这就是我们麻将圈里大名鼎鼎的东哥,麻向东!

制片人:您好您好,听说您对麻将文化很有研究,我们想采访您一下可以吗?

麻向东：没问题！

制片人：(对摄影师)架机器！

【摄影师架起机器，大家都围拢过来。

【胡九万戴着眼镜，背着书包上场。

胡九万：兄弟，今天你这儿真热闹！又来采访的了？

麻向东：一礼拜采访八回，没劲透了！你不是跟麻将圈一刀两断了吗？怎么上我这儿来了？

胡九万：是啊，为了断得更彻底，我把它给你送来了。

【胡九万从书包里拿出那副象牙麻将牌，大家一片惊呼。

胡九万：我觉得，这副牌放在你这儿，才叫物归其主。行了，我走了，晚上还得上课呢！

麻向东：你那个老年大学不是只有白天才上课吗，怎么晚上也有课呀？

胡九万：我自己加的，快五十的人了，得把失去的青春夺回来，时间不等人呀！

【制片人走过来。

制片人：我们已经准备好了，可以开始了。

麻向东：我觉得聊麻将，他比我有资格。

【麻向东把胡九万拉到面前。

胡九万：兄弟，你别开玩笑了，我哪儿行呀！

麻向东：怎么不行，你是牌神呀！

【胡九万走到舞台中央,像给大家上课一样。

胡九万:毛泽东主席曾说:中国对世界有三大贡献,一是中医;二是曹雪芹的《红楼梦》;三是麻将牌。打麻将中存在哲学,可以了解偶然性与必然性的关系;也存在辩证法,有人手中拿的牌不好就摇头叹气,这种态度不好。世界上一切事物都不是一成不变的,打麻将也是这样,就是手中最坏的牌,只要统筹调配,安排使用得当,会以劣变优,以弱胜强;若胸无全局、调配失利,就是再好的牌,也会转胜为败。总之,最好的也会变成最坏的,而最坏的也会变成最好的,这就是中国人的哲学。

麻向东:说得好,麻将,是中国的"国戏",这每一张牌,蕴含的都是中华文化的博大精深,蕴含的都是历史文明的悠久传承。麻将就是历史,我们打麻将,就要打出中国人的文化,打出中国人的责任,打出中国人的风骨,打出中国人的气韵。我听说,最近国际麻将大赛,中国队居然输掉了冠军,这不仅是输掉了中国人的尊严,更是输掉了老祖宗了脸面,让人痛心疾首,夜不能寐呀。归根结底,错在你我,是我们没有真正了解这小小麻将的文化,没有真正理解老祖宗创造麻将的意图。老祖宗创造麻将,是为了从游戏中了解天地万物,历史轮回。

胡九万:从输赢角度来看,麻将是一打三,想获得胜利,天时地利人和,三者缺一不可,所以牌桌上永远也没有真正的赢家……那些短时间经常获得胜利的人,不是被人设局,就是出老千……

【麻将馆的电视机里响起新闻播报声。

画外音:最近,我市在这一轮的反腐工作中取得重大进展,三名局级负责人涉嫌滥用职权、贪污受贿,现已被公安机关批捕……

牌友:谁呀,关上电视,这儿拍节目呢!

【画外音消失。

【胡九万的脸上露出一丝狡黠的微笑。

胡九万:上课!

麻向东:码牌!

【角落里,四个牌人终于凑齐了,一边打麻将一边看着舞台上的人们。

牌人乙:天地万物,历史轮回?麻将里有这么多东西么?

牌人丙:扯淡,打麻将就为图个乐,赢的高兴输的回家,就这么简单。

牌人丁:没错,这就是个乐!(出牌)红中!

牌人甲:胡了!

【收光。

【黑暗中,传来洗牌的声音。

【剧终。

【话剧】

建家小业

Build a small business

苗九龄

作者简介

苗九龄,中国电影家协会会员,北京戏剧家协会会员,北京演艺集团、北京儿童艺术剧院编剧、导演。曾获第七届、第八届北京市文学艺术奖、中国话剧最高奖金狮奖优秀剧目奖,作品多次入围北京市"五个一工程"精品项目、全国优秀作品展演、国家艺术基金重点项目、优秀人才资助。代表作品:话剧《建家小业》《幸福年》等,儿童剧《胡同.com》《雏菊花》等,音乐剧《虎妈猫爸》《逆风飞翔》等,电影《做局》《好面儿》等。

第一场

【北京初秋的傍晚,前圆恩寺胡同 11 号李家大院。这就是北京最平常的四合院子,低低矮矮的屋檐,四周的围墙灰灰的,有些斑驳,墙缝里生着一两处野草。舞台的左侧是大门口,门边种着一棵老槐树,高高的。舞台后方是李臣一家的屋景,中央的屋门,两侧贴着的老对联都已略微泛黄,左右的窗子都半开着,隐约可以看见屋中的摆设。大院的左侧角落两墙间架着竹竿子,上面晾着衣物,旁边是自来水龙头,家用的洗衣木盆和搓衣板子都靠在墙边。靠后的角楼里放着扫帚。

【幕启。天色未完,大院里一片热闹。厨房里传来炒菜声,碗筷声。李臣正在院子当中,擦一把古董椅子,他擦得很仔细,擦了一会,他坐在旁边,仔细地端详这把古董椅子,手里揉起了核桃。张秀兰从厨房走出来。

张秀兰:(从厨房绕到堂屋,路过院子里的李臣身边)老头子,这鸡鸭鱼都有了,菜还少哪样,我再去做,(上场)你说这二小子回来,我给高兴糊涂了。对了,黑木耳拌核桃仁,电视上演了,这两凑一块,绝配啊。(进厨房)

李臣:(还在揉核桃)绝配,这对核桃,配的真不错,这个品种本来就难长出桩型正的,这手头也不错。好几年都难碰到这么好的一对。五百块钱,就算是捡了一大漏。

张秀兰:(还在想怎么配菜)二小子还爱吃蓝莓山药。我的山药没放冰箱,会不会坏了。

李臣:可说呢,可不都坏了,这对核桃就差这一点,屁股后面有虫眼,全完了。我这刚才发现,你看,这,太隐蔽了。完了,这核桃完了,配的再好,心全坏了。

张秀兰:(出门)哎呀,你别再说你那核桃了。老二今天回来还带着美国女朋友,(一把夺过核桃)你赶紧帮我想想我再做点什么吧。

李臣:你手上有油!不差了不差了,这钓鱼台国宴也就这待遇了。

张秀兰:对了,你说这洋人吃得惯我做的菜吗。美国人都爱吃什么。

李臣:美国人好吃生的。你没看电视上演的吗,牛肉、鱼,带着血就下手抓啊,还有那个什么荒野求生里边那哥们,哎哟,什么虫子五的抓起来就往嘴里塞。我给你出个主意,你那菜都别弄太熟就齐活。

张秀兰:那咱们也跟着一起吃生的啊,刀叉我倒是给她准备好了,她筷子肯定用的不习惯。还怕他吃饭不习惯给她买了瓶番茄酱。(李臣递水壶,张秀兰进茶屋续水)要不我再弄个虾皮炖白菜吧,今天菜场碰上整车卖大白菜的了,特好特新鲜。我跟老王他媳妇一人买了十斤。

李臣:说没说咱们老二要回来的事。

张秀兰:我买那么多菜,人家能不问吗?我就说了。(张秀兰给水壶,擦桌子)

李臣:提洋媳妇了?

张秀兰:也说了。

李臣:哈哈,行,让老王成天再跟我臭来劲。他儿子不就娶了个台湾媳妇吗,天天在我面前跟什么似的,告诉他,台湾也是中国。(张秀兰示意李臣换地坐,李臣换但不坐,张秀兰擦)咱老二带回来的可是正经八百美国妞,他跟我们怎么比。

张秀兰:人家可没比,就是你老比。

李臣:他没跟咱们比?没少跟咱们比。天天在胡同口下棋端着架子演一个退居台湾的老国民党,人话都不会说了,人家下棋,他在那(学台湾人说话)诶……你这个吃掉它。你受得了吗。(坐)

张秀兰:(坐下)你说二小子,应该跟人家后面胡同乔大爷孩子似的,直接读完研究生再回来呢。我看新闻了。现在研究生可难找工作了。本科学历就更悬了。

李臣:老乔那小子跟咱能比吗,他读的是什么大学啊,咱老二读的是正儿八经美国名牌大学。而且你像他学国际金融的,你当一辈子会计你还不知道,就算读到博士,说到底不也就是个账房先生吗。

张秀兰:反正我觉得还得读,早晚读到博士后,博士后读完了再读什么。

李臣:博士…我哪知道啊,再就没得读了,读到那地步这人基本就读傻了。媳妇都娶不上。

张秀兰:瞎说,老二这不给咱带回美国媳妇来了,老头子,你说这美国妞长什么样?

李臣:洋人吗,我琢磨长的一定差不了,高鼻子,蓝眼睛,金头发的……漂亮

张秀兰:是不是跟你喜欢那美国明星长得一样,叫……姓马。

李臣:什么姓马,那叫玛丽莲·梦露。哎,对,那就

是正儿八经美国妞。

张秀兰:哦,东西都准备好了吧。

【李臣从兜里拿出一只镯子

李臣:都准备好了,这么好品相的墨翠,就这,我还真有点舍不得。

张秀兰:你有什么好舍不得的,都说好了,是咱俩的见面礼,你可别给我反悔。

李臣:行吧,我就当给他俩的情感投资了。

【李臣说着话搬起椅子往里屋走,

张秀兰:老头,你说你天天来回来去折腾累不累啊,就搁这吧,正好少把椅子。

李臣:少把椅子里屋拿呀,它可不能摆在这。

张秀兰:你放下,摆在这还有用。

李臣:干吗。

张秀兰:给人家洋妞看看咱家也有硬货,让人家踏踏实实的跟咱李润东。

李臣:你懂什么,人前不露财,再说,一个美国人,她懂那些个吗?他们国家历史还没这把椅子的时间长。他乐意做我老李家的媳妇欢迎,他要不乐意我还不伺候呐。

(一边搬家具一边对张秀兰)

李臣:你说老二那头黄毛染回来没有,我可警告过他,要这次回来还跟我玩金毛狮子我真卸了他我。

【门外传来李为民和人交谈的声音,李为民从门外走进来,手里提着一袋香蕉,李为民已近中年,脸上很粗糙,看见父亲也不急着打招呼。李臣从里屋出来,看见李为民没好脸对他。

张秀兰:老大回来了。

李为民:爸我回来了。胡同口给您买的香蕉。特棒。兰姨,打门口就闻见香味了。弄半天咱家窜出来的。(一直往厨房看,回头)什么日子啊今。

张秀兰:你弟弟小东子今天从美国回来。老大,中午在家吃饭吧。我做你最爱吃的西红柿炒蛋。

李为民:(掰香蕉,吃)(吃惊)哟,小东子回来了,也不早说,他几点的飞机啊,告诉我一声我去接去啊。

李臣:都已经在路上了,一会就到。

张秀兰:你们爷俩聊着啊,我去做饭了。

【张秀兰下

李为民:我听说这次小东子这次带一美国女朋友回来?你说我这当大哥的也没准备点礼物。

李臣:你就甭礼物了,去那把地拖了。

【李为民一眼看到了老爷子手里玩的核桃

李为民:哟,新抓的?

李臣:对,新抓的。

李为民:我瞧一眼。

李臣:哎哎,你手脏不脏,去洗手去。

李为民:甭洗手了,您拿着我看看。行,配的不错。个头也大,多少钱抓的。

李臣:你给断断。

李为民:现在这个可不便宜。您这个头品相,我看得大几千吧。

李臣(给李为民看虫眼)瞧准了!

李为民:虫眼儿!

李臣:挨坑的货。

李为民:您没挨坑?

李臣:管得着吗?

李为民:咱不说这个了,对了爸,(给爸看手机照片)给您看看这个,看看,(站起来)我知道您最爱这个了。

李臣:赵子玉的蛐蛐罐。这是什么材料的。

李为民:(蹲在老头旁边)陶瓷

李臣:瓷的?跟我说说,后面的款识是怎么写的。

李为民:(给老头掰香蕉,老头放回桌上)乾隆。赵子玉制。

李臣:乾隆,赵子玉可是顺治爷时候生人。

李为民:顺治,说错了,顺治。跟我妈留给我那堂老海南黄花梨家具是一个年代的。把这蛐蛐罐买回来,跟那一堂六套家具摆在一块,您想,中间摆着八仙桌,两边分排两把交椅,面前是条案。一侧摆着坐墩。茶柜就放在八仙桌上,旁边摆上这赵子玉的蛐蛐罐,画龙点睛啊。再给您置办件黄马褂,您在当中间这么一坐,这格调,这气势。整个一溥仪。

李臣:行了行了,别胡扯了,我问你,这罐要多少钱啊?

李为民:三万。

李臣:三万。

李为民:多大一漏啊?

李臣:那就不用买了。瞎活,假的。

李为民:为什么啊?

李臣:赵子玉的绿泥罐是康熙爷的最爱。什么时候成了顺治年的了,你这个仿得里面都算是假的。

李为民:你看错了吧?

李臣:行了,你这回就欠人三万?

李为民:什么,我欠谁钱?

李臣:你老老实实说,是不是外面又欠人三万?

李为民:(起立,坐下)没有,爸,你看看,你又想多了。

李臣:你不老实交代,你就甭打算从我这要出钱来。

李为民:那行我就老实跟您说,不是我欠,是我哥们欠人钱。

李臣：小子，你说你老子看你看得怎么样。

李为民：那能怪我吗，我亲哥们的事。对哥们仗义，这可是您从小教的我。

李臣：我是让你仗义，没让你见天儿扶贫。

李为民：是，您说的都对，我真是救小伟一命啊，您要是不给我钱，要不这样，咱把家具卖一件得了，就卖那小坐墩。我打听了，光那坐墩就能值个大几万呢。

李臣：又惦记着卖家具？我告诉你我一天不死家具就一天不能出这门，再说，家里又不光你一个儿子，家具给谁我得看你们表现。要是给了你这样，一年不到就给我全卖光了。

李为民：哎，这话咱得两说，家具先放您这没问题，但是这一堂六件家具是我妈留给我的，跟小东子可没关系。您得给我个保证，别弄的我竹篮打水一场空，再说，小东子又出国又留学的，可没我什么事，您这本来就够偏心的了。

李臣：行，（进去拿花枪）你再胡说八道，我打断你的腿。

【张秀兰端着菜从厨房走上来，上前夺枪。

张秀兰：老头！（夺枪）你们爷俩干吗呢。老大，你弟弟一会就到了，去外面拎两瓶酒去。

李为民：行兰姨。（对李臣）我不跟你一般见识。

张秀兰:(掏钱)把钱拿着,去吧。

李为民:(把钱揣兜里)不用不用

【李为民揣着钱下

张秀兰:(见李为民走远)你跟老大有话好好说,他老大不小个人了,别动不动就动手。

李臣:你懂个屁,回来张嘴就要钱。

张秀兰:又来要钱啊?没多少钱给他得了。老大也不容易。

李臣:哎呀,你就别添乱了。张嘴就是三万,当他爹是印钞机呢。

【李为民提着两瓶酒一包炸花生米上

张秀兰:老大怎么又欠人这么多钱啊。

李为民:是这样,兰姨,我哥们小伟做生意赔了三十多万,后来东借西借,好不容易凑够了二十七万。那天小伟叫我陪他一起去借钱。结果借了钱借条上是我签的字。

李臣:什么?你签的字。

李为民:是这么回事啊小伟让我陪着他去借钱,到那我才知道借的是高利贷,当时小伟就打退堂鼓了可几个彪形大汉把我们围住了,小伟不借就是死路一条,我一看不能折这啊,我就签了,帮他借了三万。前两天到了还钱的日子了,我手头实在倒蹬不开,我把月娥给我买的金手链给当了。先救火呗,这两天当铺也到期了，再不赎回来月娥买给我的定情信物就要被当铺卖了。

李臣：你缺心眼啊，人家不签你签字，人家不还你还啊？

李为民：那我有什么辙啊，要我说就把我那小坐墩给卖了吧。

李臣：你敢！

张秀兰：老大，你这事办的可不漂亮。虽然你心是好的，是为了哥们，可你也不能把人家月娥的首饰给当了啊。已然这样了，咱得解决吧。我跟你爸还有些钱，回头取出来给你，可能不到三万，(李臣拦，不想让她说，张秀兰推开)先去把首饰赎回来，别伤了月娥的心，钱要是不够，剩下的，就只能你自己想办法了。

李为民：有您这句话我就放心了，(冲老头)你看，还是我兰姨局气有面。

张秀兰：老大，好好跟你爸说话，把首饰赎回来，这你弟弟也回来了，咱一家团团圆圆的在一起吃顿饭多好啊。

李为民：是啊，在北京待着多好啊，比美国强多了！

【润东出现在门口，他刚想往里走，听见里面讨论，又站在门口听。

张秀兰:对啊,我刚看新闻,这美国又校园枪击了。老大,我听说美国人人都能有枪这事是真的吗。

李为民:可不是嘛,美国真是要多乱有多乱,美国什么地方,每个人都有枪,你看上次老二回来,一头黄毛,大肥背心裤子,在美国只要这身打扮,就相当于进黑社会了。不过您别担心。别害怕啊,回来要是看他真染上毒瘾了就去居委会报名戒毒所,去里面待两月,戒干净点,再去把文身洗干净。然后我带他做点小买卖,我们从头上路,一路顺风,一帆风顺(李润东上)……

张秀兰:哎,行,有你我就放心了。

李臣:你别听他胡说八道了。说别人的时候能耐大着呢!

张秀兰:老大是替他弟着想。

李润东:没错!哥!这戒毒所我是去不了了,小买卖你可得带着我做。(鸽哨)

【李润东把外套一脱,一身笔直西服匀称贴在身上,黑发三七分头,正式,成熟,整个人仪表堂堂,气宇脱俗。李臣、张秀兰和李为民都愣住了,上下打量了三秒,李为民扑上前

李为民:(见是李润东,上去推他)东子,哎呀看你瘦的,不会真吸毒了吧。

李润东:(二人打闹)哥,你别瞎说。

张秀兰：儿子！

李润东：爸,妈,我回来了。

【李为民帮李润东拿东西进堂屋

张秀兰：(走近,拥抱,摸头)瘦了,回来就好。你爸等你半天了。

李润东：爸。

李臣：(注视着李润东的发型)诶……你现在这个这头型还像句话。

张秀兰：快坐！(李润东脱衣服,坐下,主题抒情渐收)刚才你哥还说呢,担心你在美国不学好,你可不能给我不学好,你要是敢不学好,看我怎么收拾你。

李润东：我怎么会不学好啊。

李臣：那谁呢,你美国女朋友呢。

李润东：噢朱利安她在门口买东西呢。

(李为民上,坐在板凳上)

张秀兰：那她认识咱们家么？

李润东：我跟她说了,您放心吧

张秀兰：快跟我们说说,你那美国女朋友怎么样啊？

李为民：漂不漂亮？

李润东：漂亮,特别漂亮。

张秀兰：漂亮,听听她爸妈你见了吗？干什么的啊。

李润东:她父母都是大学教师,教电影的。

张秀兰:教电影的?太好了,自打你去了美国,你爹就喜欢上了看美国电影,尤其喜欢玛丽莲·梦露演的电影。

李臣:哎,你提这干吗。

李润东:原来爸爸喜欢梦露,我婚礼的时候朱利安有个朋友长的特像梦露,下次我帮你问她要两张照片。

张秀兰:净瞎扯,别听你爹瞎说,一天到晚没正事。老二我给你倒杯水去。

李臣:我们这探讨艺术呢,

李为民:不是,你说谁的婚礼?

李润东:我的婚礼。

李臣:谁?

李润东:是我跟朱利安的婚礼,她是天主教徒,我们在教堂结的婚。

李臣:先斩后奏,这么大事你怎么不跟家里说啊?

张秀兰:是啊,你应该跟家里商量商量啊。

李润东:我这不是正跟您商量呢吗

老头:你这叫商量啊?

李为民:行了,爸,你就不懂了,人家是美国人,多讲究效率啊，哪跟咱们中国人似的，还得谈好几年恋爱再订婚再结婚的回头再分了。年轻人就要讲究速度效率。

李臣：你闭嘴。

张秀兰：东子，你爸爸可都跟街坊邻居许下了，你要是学成归来结婚了就给你体体面面的办一场，你现在这样让他的老脸往哪搁。

李润东：爸，您要是想在北京再办一场，咱就再办一场啊。

（李臣起立，背对观众）

李润东：爸！

张秀兰：老头子，你上哪？

李臣：唉，回屋待会。

二妈：人姑娘马上就回来了。

老头：我找地儿搁脸去。

李为民：（李为民拉着老头进堂屋，）哎爸，（对娘俩）我劝劝他，没事啊东子。别担心。

张秀兰：（看着两人走进屋，转身）你爸爸就上来一阵脾气，他你还不知道，就好个面子。妈刚才是那么说让你爸爸顺顺气（调位置到桌子后面）。不是我说你，你结婚这事确实应该跟家里商量商量。

李润东：我知道。说实在的，我和你爸都一把年纪了，就盼着你早点成个家，好好奔出点事业来……

要是那女孩真心爱你、对你好。那妈举双手赞成!

李润东:妈,您别说了,有您这句话我就放心了。

(李为民拉老头出屋)

李为民:东子,你说这回来不得开开心心的,快来,过来给爸爸认错。

李润东:爸。

老头:(李臣不理,走到椅子边坐下)你是我爸!

李润东:我在国外结婚没告诉您是我的不对,对不起。

李臣:我管不了你们。

张秀兰:老头,孩子都说对不起了,你就别再为难老二了。

李臣:她人呢?

李润东:外头买东西呢。

张秀兰:我出去接接她去。

李臣:站住,还没进门,哪有婆婆出门接媳妇的,成何体统。

李润东:妈,我去,你们等等。(李臣站起来,准备迎接,李为民:探头,见到来了报信,张秀兰给老头说:"老头,微笑,你高兴点,东西拿出来。")

【李润东出门牵着朱丽安上。众人定睛观瞧,朱丽安衣着得体裙子下面露出黝黑的大腿。

李润东:爸,妈,这就是朱丽安!

朱丽安:hello……

张秀兰:哈,楼。

李润东:朱利安,这是妈妈,这是爸爸

【朱利安要上前给一个拥抱,张秀兰愣住被朱利安抱了一下,朱利安要去抱李臣,李臣躲,朱利安默默走回来

李臣:这,就是你给我带回来的儿媳妇。

李润东:是啊,爸。

【李为民把李润东带到一边问。

李为民:真的,弟弟,(把李润东扯到一边)说实话我都有点看不下去了,我这还怎么替你说话啊,你这是要把爹活活气死啊。(跟朱利安打招呼)没事啊,你很好。(自己念叨)就是跟我们想象的差距太大了。

张秀兰:这跟玛丽莲·梦露差的也太远了,她是美国人吗?

李润东:朱利安是地地道道的美国人

李为民:兰姨,她听不懂中文,您甭问她了。

李臣:我这还以为这回就算穿上了黄马褂,没想到这是把我往断头台上推啊。还准备见面礼,拉倒吧。(收起来镯子)老二,干脆你跟他回你的美国去吧。我们俩想多活两年呐,我跟你妈省吃俭用把你送出国,你不给祖宗脸上增光添彩就罢了,你也不能往祖宗牌位上抹黑啊。

李润东:我怎么就给祖宗抹黑了,别冲别人,有事你冲我来。

张秀兰:老二!

李臣:我这跟人街坊邻居早就嚷嚷开了,说我儿子找了个美国女朋友,金发碧眼热情似火。你这给我整一走出非洲啊。

李润东:朱利安是地地道道的美国人,不是非洲。再说即便是非洲又能怎么样,你这叫肤色歧视,愚昧。

李臣:(没听清)你说什么?

李为民:他说你愚昧。

李臣:去,我听见了,你厉害,教训起你老子来了,我告诉你甭管是谁,她就是奥巴马的女儿,我也不同意。

李润东:爸(搂过朱利安),她现在是我的妻子。

李臣:你妻子?我看着就瘆得慌。(说完坐下)

李为民:(见没人理,挑气氛)行了。先吃饭吧,先吃饭吧。

张秀兰:(见李为民也没人理)老大说的对,先吃饭吧,菜都凉了。

李臣:哎,你们先吃吧。(看见两人,低头绕开)我找老王喝酒去!

张秀兰:老头!

朱利安:(转过来对老头说)爸,我们给你带了酒。

【李臣张秀兰李为民回头看她,朱利安从包中拿了酒

朱利安:爸爸,这个红酒,喝了对身体好。

李臣:你,能听得懂我们说话。

朱利安:我听得懂,爸爸。

【舞台一阵刺耳的金属摩擦声效,暗场。

第二场

【蛐蛐叫，黑暗中，一束月光透过窗户照在地板上，隐约间，房间陈设简单，但该有的家具电器都有。

【阴影中坐着一个人，隐约看得出是一个女人。

【李为民一边打电话一边上场

李为民：行啦，行啦，我知道，今儿我回家正赶上李润东回来，我已经跟老头把家具的事儿都说瓷实了。那可不，哎呀，你不用担心，美国媳妇不是个事儿，一大黑妞，差点没把老头给气背过去！放心，到时候卖出好价钱，我再给你加一个点！Ok,ok ok ok！

【李为民进屋，摸索着开灯。

【李为民看到月娥坐在沙发上，直直地看着自己，不由一惊。

李为民：媳妇，你在家不开灯，装什么深沉啊？吓我一大跳。

月娥:刚回来,累了,坐着歇会儿。

李为民:(走到沙发后,欲给月娥按摩)媳妇辛苦了!下午你怎么不接我电话啊,我跟你说。(起身进厨房)那会儿我正忙呢你可不知道!今儿李润东领着他美国媳妇回来了,你猜怎么找,那媳妇是个黑人,你没见把老头子给气的啊!

月娥:家里有饺子,你吃吗?

李为民:吃,吃!

【月娥端饺子出,把饺子放到桌上

李为民:(深吸一口气)真香!媳妇你不来点?

月娥:(坐回沙发)不了,我吃过了。

李为民:(挽起袖子,拿起筷子)那我可就不客气啦!

月娥:为民,我问你点事儿。

李为民:什么事,你说。

月娥:我最近怎么没见你戴我给你买的那条金手链了啊?

李为民:(脸色紧张,想要把袖子方向来,撸到一半,又停手)哦,那个什么,你也知道,那玩意儿挺沉,我带着吧,一个露财另一个做事也不方便,我就给他搁家了。你怎么想起问这个了?

月娥:没什么,就是随口问问,没丢吧?

李为民:怎么会丢了呢,你不信我?我这就拿给你看!

【李为民欲起身,见月娥没拦着他,又坐下。

李为民:瞧我这记性,搁箱子底下了,我怕丢了,费好大劲才塞进去。

月娥:那就别折腾了,没丢就成。

李为民:哎!

【月娥从口袋里拿出药片,放在李为民面前。

月娥:为民,我那天听一姐们说,她给他老公买的进口维生素对身体特好,美国的大牌子,叫纽崔去,我也给你买了点,饭后吃,你现在吃了吧。

【李为民看着桌上的药片,表情尴尬,

李为民:媳妇,你这对我太好了,我身体倍棒,不用补。

月娥:我让你现在给我吃了。怎么怕我给你吃毒药毒死你啊。

李为民:不是,媳妇,我,我吃。

【李为民拿起药片一口吃下,端起水一饮而尽。月娥把药片包装盒拿出来,扔到他面前。

李为民:媳妇,你真对我太好了。真的,我没齿难忘,妈富隆。媳妇,你,你给我吃这个干吗。

月娥:好吃吗。

李为民:媳妇,我(欲呕吐)。

月娥:给我咽回去!

李为民:媳妇,你这是干吗呀。

月娥:我干吗,我这是从你的包里找到的。你是平时爱吃这个吗。

李为民:不是,媳妇你听我解释。

月娥:不用解释,李为民,你是不是外面有人了。这是喂哪个小妖精吃的。

李为民:我冤枉死了,媳妇,我真没给别人吃。

月娥:那是你自己吃了,李为民,你是不是变态。

李为民:我也不是自己吃的。

月娥:那你是给谁吃的。又不是给外面养的小妖精吃,又不是自己吃,你到底给谁吃的。

李为民:我,哎呀,我承认了,我给你吃的。

(静默)

月娥:给我吃的?

李为民:哎,我跟你说实话吧,这药是我买了给你吃的。前两天我给你放牛奶里了,你说牛奶味不对,给倒了,后来我又碾碎了搁你碗里,一紧张拿错了,让我自己给吃了,今儿早上我又塞了一颗在你的煎饼里,其实你就吃了一颗。

月娥:噢,没养狐狸精啊,那我就放心了,不过,李为民,你为什么给我吃这个。

李为民:媳妇,你听我说,我咨询过大夫了,这是纯天然植物萃取调节女性内分泌的高科技保健药剂,这药吃了不仅不会对身体造成伤害,还能帮助调节内分泌,你不觉得你今天脸色好看很多吗?

月娥:是吗?这么说你是对我好啊?

李为民:可不是嘛!媳妇,你还记得我对你的承诺吧,我一早就答应给你买大房子,大汽车,大飞机!可是要实现这些,不光需要时间,还需要精力啊!你想想啊!咱们俩这男才女貌的,生出来的孩子指不定得多可爱呢,所以呢,要是咱们有了孩子,我肯定一心扑在孩子身上,一准把我的那些远大的理想抛得一干二净,你说这对咱们的未来,是多么大的损失啊!

月娥:嗯,真是巨大的损失!

李为民:媳妇,你理解我的苦衷了吧?

月娥:理解了!

【月娥从包里掏出离婚协议递给李为民。

月娥:签字!

李为民:媳妇,你这是干吗呀有话好好说。

月娥:少废话,赶紧签字!

李为民:怎么着,你还来劲了是吧?我的意思你还不明白吗,我这不都是为了这个家吗,不都是为了让你跟孩子过上好日子嘛。

月娥:签完字我走人。李为民从此你走你的阳关道我过我的独木桥,咱俩从此再没关系。

李为民:怎么着,你还来劲了是吧?(将离婚协议撕了个粉碎)我今儿还就不签了,怎么着?

【月娥拿起包欲离开

李为民:(拦住月娥)你哪也不许去!今儿咱们把话说清楚了!你这到底是为什么?

月娥:李为民,你问我为什么?我那天喝牛奶就感觉这味道不对。后来我看见杯子底下没磨碎的药渣,我去找我姐们检验,这才知道是避孕药。你怎么不问问你自己,天底下有几个男人会干出偷偷给自己老婆吃避孕药这种事?

李为民:(突然大声)我刚不都跟你解释了吗?我都咨询过了,那药对身体没伤害!想要孩子了随时停了就行,你最近不是要的那么凶,我何至于……

月娥:合着想跟你要给孩子反倒是我的不对了是吧?

李为民:咱们现在不是。

月娥:咱们现在怎么了?咱们现在是缺了吃了还是缺了穿了?算了,我不跟你说了,李为民,你让我走,我已经三十二岁了,我耽误不起!

李为民:(态度缓和)月娥,能不能别那么世俗,跟我学着,把眼光放长远一点?你忘了我还要给你买飞机了?

月娥：又给我买飞机？李为民。这都是您承诺我的第四十架了！您还嫌我俗？我是俗，俗他妈也为跟了你这么个没出息的主儿！跟你结婚以前，我们家住前门那，混那一片的哪个不知道我前门小野猫，追我的打历史博物馆到人民大会堂排好几个来回，我怎么就看上你了？

李为民：(起来)媳妇啊，你说这个你亏心吗？你还记得咱俩刚在一起的时候吗？有一次我带着你跟小伟他们喝酒。小伟带了个妞外号酒井，是白酒销售，67度二锅头一斤起的量。谁也喝不过丫的。你为了给我长面子生生给自己给喝的住了院。我在医院心疼直哭，小伟说我哭得跟马景涛似的。你记得你跟我说什么？你说，傻爷们儿，再当着人哭我就抽你。喝点酒算什么，爷们儿的面儿比天大！你还记得吗？才几年啊，你怎么这么不局气呢？不仗义啊！

月娥：李为民，我不局气？不仗义？你记得咱俩结婚那天吗？你接了个电话就要往外跑，说你兄弟搞传销被人扣了，要陪你兄弟跑路。那可是咱俩的洞房花烛夜啊，我说了一个不字吗？我陪着你和你那帮哥们在大同的废煤窑里度的蜜月。李为民，我知道你有大哥情节，但我告诉你，姐我真丢不起这人。你要挣个七八百万了，你给兄弟买奔驰当六一节礼物我都不拦你，那是你的本事。可现在呢，您自个是穷得叮当响!还把你送给我唯一的礼物当了替别人还账啊!李为民,你说说你自己算个什么玩意儿。

李为民:我算什么玩意?合着这5年我就给你留下这些印象。你忘了当初我是怎么追的你的啊?

赵月娥:忘了。

李为民:你那会儿在王府井上班,回家的路上,有一条胡同没灯,黑么溜球的总出劫道的。那时候是我天天夜里保护你回家!

赵月娥:你那叫跟踪!有隔着八丈远保护的吗?

李为民:我那是秘密保护!

赵月娥:行了吧,起初我以为你是劫道儿的呢。为了防你,我包里一直带着一把弹簧刀。还保护我?姐没开了你就不错了!我本来是打算哪天教训你一下来着,谁知道有一天碰上了那几个兔崽子。

李为民:那是正经小混混,正经劫道的。带头的是西单小快刀,有名的下手黑。

赵月娥:什么小快刀,就那几个货顶多留个门撬个锁。再说那几个孙子围住我的时候,你哪去了?

李为民:我我,我是有点慌,不过我是找武器去了。

月娥:你找了半天不就找了半截板砖吗?还不如我那弹簧刀呢。你瞅你当时,拎着块砖,挡我前面,手还抖呢。还敢朝人家冲嚷嚷。

李为民：孙子，这他妈是我的女人，动动试试！有种冲我来！啪！（拍自己）

月娥：你这一拍把小混混们都逗乐了，一边骂一边对你拳打脚踢。最后还是我拿弹簧刀吓走了他们。你瞅你鼻青脸肿那样。

【李为民又恍惚回到了当年，这时灯光也要有些变化】

李为民：美女，我叫李为民，不好意思天太黑，没发挥好，帮我叫个救护车吧。我的身份证号是…(倒下，赵月娥抱住）

【立刻回到现实】

月娥：为民，你让我往长远了看，可是我真的累了，我怎么看也看不到我们的未来。

李为民：你不能累，我还没给你买飞机呢。

月娥：我等不到你给我买飞机了，你的飞行大队还是留给别人吧。李为民，我把你的金手链赎回来了，给你。

【赵月娥把金手链放到李为民：手里，掩面离去，李为民坐在地上。】

李为民：(声音含混的嘟囔着)月娥。

第三场

【李家屋堂中。这是一间大的客厅,舞台左侧放着冰箱,老木柜子,舞台后方是一桌二椅的摆放,后墙一张大的仿的山水画报。扇窗子在左上打开,天光照进来,屋内一派亮堂。右下靠中有一扇们通往内室,但是被一把锁紧紧锁住

【老头耍枪,张秀兰织着毛衣上,看见老头耍枪,坐下织毛衣,张秀兰关半导体。音乐收】

张秀兰:我说,你能不能把这耍花枪的热情用到人家小朱姑娘身上?

李臣:我热情不起来。

张秀兰:你必须热情起来,她现在是咱家儿媳妇。

李臣:我保证不哭行吗。(转身放枪)

张秀兰:(李臣拿水杯)你看你那点出息,一辈子就好个面,面子多少钱一斤啊?北京奥运都开完了,你能不能别给北京人丢人啊,再说,人家小朱怎么了?我倒是觉得挺好,大个,大屁股,一准儿生个大胖小子。

李臣:屁股倒是正经不小,可你孙子孙女随了他妈那色儿,那能见人吗?

张秀兰:怎么就见不了人?老二跟小朱感情多好啊?

李臣:那是他傻,还有比他还傻的人吗?我看他这是让人下了迷魂药了,我看电视上说了,非洲有好多人会巫术,我得赶紧让咱老二回头是岸。要不将来苦日子还在后头呐。

张秀兰:告诉你啊,咱家儿媳妇是美国人!反正我就是觉得这个媳妇好,我现在就给我未来的孙子织个小毛衣!

李臣:孙子?你想的还真长远,告诉你这事我压根就没同意呢。

张秀兰:你说你让我怎么说你啊,他们俩已经领证结婚了,老二那么大人了,还用得着你管啊,你看你昨天给人家摆的那副臭脸,老二那话怎么说来着,肤色歧视。

李臣:我歧视?我犯得着吗?(喝水)我就是一看

见她那脸我就觉得瘆得慌,总想给她打盆热水洗洗脸。(把水杯子递给二妈,二妈不理)

张秀兰:那你倒是打啊,说不定人家姑娘还会高兴呢,至少比你摆那副臭脸强。我告诉你一会儿他俩回来你可得给我高兴点儿……

李臣:高兴,我一想起他生的孩子出来那颜色,我就想哭。

【这时,屋外传来一阵急急脚步声,李为民哗的一声推开门。

李为民:爸。

张秀兰:(起身)李为民:来了。

李为民:聊着呢您二老。

张秀兰:赶紧劝劝你爸,老想哭。

李为民:那正好,我这有纸,还生气呢。他们俩呢。

张秀兰:小两口儿出去逛街了。中午就回来,你中午就在这吃吧,西红柿炒鸡蛋

李为民:Ok。

张秀兰:(指李臣)好好劝劝你爸,有你我就放心了啊。

李为民:好。您放心吧

【张秀兰下,毛衣搁在场上,屋里剩下李为民跟李臣。

李为民：(打断)爸,(沉声)给你点餐巾纸,把你那泪儿擦擦,我有事跟您商量。

李臣：(哼一声)什么事。

李为民：(着急)我那天跑了趟潘家园古玩城,现在古董家具行情特好,能卖个好价钱,那套家具现在不卖将来后悔。我都想好了,我把这椅子卖了,我先拿出把一部分钱给您养老,剩下的钱,我拿来开个代驾公司,原来跟我开出租的一帮老哥们合同都到期了,准备自己干了。只要我有启动资金,咱们家就能财源滚滚。

李臣：想要家具是吧,我连个椅子腿也不给你。我问你,这两回都没见到月娥,你俩还闹呢?

李为民：没有,她跟我赌气呢,没事,她过两天就回来了,我说那……

李臣：你心够宽的,就不怕人家伤透了心?(突然站起走向屋中)我再说一遍,月娥这么好的姑娘,跟了你算是倒了八辈子霉了。再这么下去非离婚不可。

【李臣从屋里拿出一个小袋,给李为民

李臣：我俩手头就这三万。你赶紧拿了去首饰赎回来给人家赔不是。

李为民：不是……(看里面)

李臣：赶紧收起来,我给你这钱可别跟你兰姨说。听见没有。

李为民:爸,够意思啊,这点事,你儿子还是懂的!

李臣:少跟我这废话。我这把年纪了,老脸实在是拉不下来了。要不然我非得去找月娥给她赔不是。你去哄哄月娥说说好话,这日子还得过。

李为民:爸,我不是不想好好过,我现在是真想,但是月娥老觉得我没个正行,我就是得有个正行啊!

李臣:那你惦记怎么有正行?

李为民:事业,我得有个事业啊!我想开个代驾公司,我跟篡街那边特熟,开起来生意肯定火。但就是缺本钱。您就算帮我个忙,把那家具给卖了吧

李臣:我说不能卖就是不能卖。

李为民:你老嫌我惦记你那个家具,爸,你是不是被兰姨逼的要把这家具留给老二?

李臣:(拍桌子,扬手准备打)

李为民:说准了吧!您呀,偏袒小的这都很正常。你们其乐融融一家人嘛,我算干吗的啊。这样吧咱把家具卖了,我吃点亏,钱我跟小东子分都行,我这够仗义了吧。

李臣:小兔崽子,看我不打死你。

【李为民躲,老头没扔,放下杯子。李为民拿毛衣针递给老头。

李为民:来,拿好,您打吧,照这打!爹打儿子天

经地义,我打小也没少挨打。不过咱说好,不能叫我空着手往家走吧。打完了我至少也得搬把椅子走。

李臣:(往李为民身上扔)你敢! 今儿你不是要钱吗? 咱俩好好算算这笔账。打你进出租公司,你就嚷着要给领导送礼,我给你钱没有? 你结婚,你要风光,你爸爸我也认了,那酒席硬是没让你丢一丁点面子吧! 我跟你兰姨一普通百姓,为你操了多少心,要没我们你能活到这么大?

李为民:那将来卖了家具,我还你!

李臣:混账! 指望你还! 这个家早晚让你败光了! 你瞅你现在那德行,还像个人吗! 你说这一项一项的我给了你多少钱,我现在就剩这三万块钱了,都给了你了! 以后家具的事什么都别惦记,我也没你这儿子……

李为民:Ok! 我不跟你说了,你是我老子,你说什么就什么。我就再问你一句……这家具,你有没有打算过给老二?

【张秀兰听见,从厨房出来】

张秀兰:老大,你说什么呢?

【李为民和张秀兰同时看向李臣,停顿。突然,门开了,李润东带着朱丽安上场,朱丽安穿一身旗袍,李润东手里还提着些衣服包装袋。

李润东:爸,妈,我回来了。

张秀兰:都别说了。

【安抚老头,张秀兰朝李润东走过去】

张秀兰:老二回来了,这一天都上哪去了?

李润东:朱利安看哪都新鲜,一会儿前门,一会儿西单的。(让朱利安去给爸爸)

张秀兰:赶紧进屋歇会。

李为民:坐坐。

【李为民走到张秀兰身边,张秀兰劝他,李润东坐下】

朱利安:爸爸!给你!(给衣服,摸李臣,李臣躲,朱利安不知道怎么办)

李润东:妈,朱利安还给你买了件衣服。朱利安,快给妈妈看看。(朱利安放到地上,走到李润东身边,李润东递过去一个袋子)

朱利安:妈妈,我们给您买了好看的衣服。(打开一个袋,拿出一个给自己的肚兜)

李润东:唉,不是这个,在这。(又递过去一个纸袋,朱利安掏出一件毛衣)

朱利安:妈,这是我们给你选的毛衣。

张秀兰:妈一把年纪了,还让你们花钱。谢谢,以后别给妈妈花钱啊。

李润东:你要穿上,真一点不显老!整条胡同就数您最年轻!是不是爸?(李臣不理)是不是哥?

李为民:我觉得还是肚兜好看。

张秀兰:老大(笑着)呵呵,快别贫了……(伸手摸着,走到李臣身边)老头,你看,多好看啊,摸着都舒服啊……

朱丽安:我就知道,妈肯定会喜欢。

张秀兰:喜欢喜欢,饭已经做好了,马上开饭啊老头你给我收拾收拾啊。

(把衣服放在李臣手里高兴地下)

李润东:大哥,这是给你的。(李臣瞅袋子里的东西,拿出来给自己比比)

李为民:还有我的。

李润东:(扔衣服过去)快试试

李为民:试什么啊,你多大衣服我多大身板。

朱利安:听我说,我今天很开心。因为我喜欢前门,就是人有点多,实在是太多了,(李臣穿着试衣服)我一辈子没见过那么多人。

李为民:还有更多的呢,过两天过年,我带你上地坛逛庙会,那热闹着呢,人更多。我估计你双脚都得被挤得离地,保准吓死你。

朱利安:那会不会有点 scary。

李为民:保准 scary 真真的 scary!(冲李润东)scary 是什么意思?

李润东:害怕。

李为民:哦,那不用 scary,有我们呢。

朱丽安:(朱利安看见李臣,走到他身边)爸,我们给你买了中山装。喜欢吗?

李臣:颜色还不赖,就是小点。

李润东:朱利安,回头给爸换个大一号的。

朱利安:好的

李臣:(脱了衣服)大一号不成啊,你得给我换 5 个 x 的(李臣进屋)

李润东:Five xl

朱利安:不用换了,我就可以给你改。

李臣:你能改?

李润东:嗯,朱利安在国外是学服装设计的

李臣:哦,好好好。让他改吧(李臣下,只要碰上李为民就瞪一眼)

李润东:(笑着)哥,对了,朱利安想在北京开家旗袍店。

李为民:啊?你们要在北京开旗袍店?真的假的。

朱利安:真的。

李润东:朱利安,在北京开店,你得先了解北京,听大哥说说,大哥最了解这些了。

(朱利安掏出本子记)

李为民:对了!我跟你说啊,咱北京三千多年的历史,比大禹治水可一点都不晚啊。这大禹治水她不知道吧。

李润东：人哪知道啊。

李为民：没关系，我给你说点浅显的，这老北京的规矩可多了，很多都是从宫里头传出来的，咱就先说吃吧，都知道北京烤鸭有名，但是您得分得清挂炉还是焖炉，挂炉的你得去全聚德，焖炉的你得去……

李润东：便宜坊。

李为民：恭喜你都会抢答了，喝豆汁那得去磁器口，吃炒肝你得奔鲜鱼口天兴居，就拿吃卤煮来说，我们北京人吃卤煮可讲究了，那得是有名有姓的老字号，一天就这一锅儿，去晚了你还吃不上。（说着一拍手）唉对了，我哪天带着你吃一次去吧，可惜了了，原来我们胡同口就有一家，现在改成咖啡馆了。卤煮好吃啊，这切好的小肠，配上火烧送进嘴里，满嘴飘香，再咬上口大蒜。嘿，绝了。

朱丽安：听着就好吃，但，卤煮是什么？

李润东：你不吃那个，是猪的内脏。

朱利安：噢，这个我不吃，谢谢了。

李为民：可惜了，这么好吃的东西不吃。回民是吧？

李臣：（还在屋里）什么回民，人家老外不兴吃下水。都跟你似的。

李为民：（朝屋里喊）什么呀我看他们没少吃，鹅肝蜗牛啥的，吃得倍欢实。

　　李润东：大哥，这是个人习惯。

　　李为民：咱聊回正题啊。刚才我听见你说打算开旗袍店，那打算把店安在哪？

　　李润东：朱丽安想在前门……

　　李为民：不行不行，前门可不行，大栅栏的瑞蚨祥，那可是中华老字号，你能抗得过人家？那一趟街上的店但分历史没有一百年都不好意思挨那开，我觉得国贸是个好地方，CBD，中央商务区，你当是闹着玩呢，门脸选在高楼大厦里面，进进出出是一水的白领，那档次一下就拔起来了，当哥哥的跟你说句掏心窝子的话，你开旗袍店就得开出个档次，大门一亮就得高人一头，咱振兴的可是民族文化，走的是国际路线，得长咱们中国人的志气，给老祖宗脸上贴金。你那店一进门就是磨砖对缝的砖雕影壁，空中花园里种着竹子，一片腿儿上小桥，水里游的都是一尺二长的大红锦鲤，装修摆设都按着亲王府的规格弄，休息区里给客人喝水的都得是团龙的盖碗，隔着窗户整个北京城是尽收眼底。（李润东站起来）

　　李润东：那这衣服怎么得卖1000块钱一身吧

　　李为民：一千？你再加个0！一万！那都是扇客人脸，兜里不揣着张白金的信用卡您站这心里都没底。

　　李润东：为什么这么贵。

李为民:咱卖的是什么？文化！再把咱们家珍藏那古董家具往当中间儿那么一摆,这就叫点睛之笔。

【李臣上,朱丽安一脸兴奋。

李润东:(急急地走到台前)没错,哥,把椅子往当中间一摆,那就是镇店之宝。

李为民:就这么定了！(李臣走到桌子后面)

李润东:得嘞,这个顾问你我是请定了。

李为民:一个月给我多少钱啊？

李润东:怎么也得一千。

李为民:一千？我说了加个0,一万！

李臣:一个个的想的还挺周正,谁也甭惦记这套家具。

李润东:怎么了,爸。

李臣:不怎么。只要我活着这堂家具就不能出这院。

李润东:爸,我没那意思……我就觉得大哥说得挺好的,朱丽安要真开店了,咱们把那套家具摆出来,招揽招揽客人,多好的事啊？

李臣:(语重心长)老二,想开店自己奔去,别听你哥那张牙舞爪的胡说八道。

李润东:爸我不是那意思……

李臣:行了！你容我想想。

李为民:(突然拦住)想想？

李为民:(走到李臣身边)老头,你甭跟我这揣着明白装糊涂,我每次要家具,你一句话就把我堵死,换成老二,你就留个活话儿,这钱我不要了,我只要家具。

李润东:大哥,你别误会,我没那意思。

李为民:老二你过来,(走到他身边)东子,你是不是也想要这家具。咱俩把家具卖了,卖得钱一人一半,你跟小朱开服装店,我去弄我的代驾公司,咱一起给咱爸养老你觉得怎么样?

李润东:咱俩开咱俩的店,爸妈就在家里享清福。

李为民:对了!

朱丽安:爸爸最喜欢的东西,你们怎么能说卖就卖呢?

【所有人看朱利安】

李臣:你们两浑小子听见没,还没人家一个洋人懂事!你(指李为民),把东西拿好,(扔给李为民钱)赶紧滚!

李为民:您这什么意思?想回避啊!

李臣:首饰再不赎回来,就真被人家卖了!

【李为民惊觉老头说的对。李为民下场,李臣看李润东一眼

李润东:爸,我刚才……(李臣不理),那我去帮

我妈做饭去了(李润东下)。

朱丽安:(低声)爸爸,这到底是一套什么家具。

李臣:(叹口气)这事儿,我怎么跟你说呢。这套家具吧,特别特别老,比你们美国的历史都要长。

李臣:你大哥的妈妈祖上当过北京城的九门提督,家里这套家具是正跟的古董,当年八国联军火烧圆明园,她太爷爷是在屋里修了一道夹墙,算把这套家具保住了——(张秀兰上,停着听,进堂屋)1938年,日本兵占领北京城,又惦记上了这家具,他爷爷连夜挖了地窖才把他藏下来;"文革"那十年,(张秀兰出来靠在门口,听)红卫兵为了弄走这堂家具,把我们家从头到脚翻了个底掉,到最后也不知道我们藏哪了,他就万万没想到我把那家具藏在……(朱利安倒水)

(收光)

第四场

【李为民家,筒子楼楼顶,李为民坐,李润东上场

李润东:哥(李为民:不理),哥!怎么自己一个人在这屋顶喝闷酒啊?

李为民:在家喝酒太憋了,房顶上喝酒痛快。

李润东:嫂子呢?我敲半天门,嫂子也不在。

李为民:以后你管小伟哥哥叫嫂子吧。

李润东:吵架啦?

李为民:甭提了

李润东:看看这是什么?

【李润东掏出一个方盒,放在面前,李为民看】

李为民:我眼睛还没花呢

李润东:不是花镜!(给李为民,李为民打开看是口琴)

李为民：东子，你还记得呐？

李润东：试试。（李为民吹, do re mi）

李润东：哥，我小时候一直欠你一口琴，那事你别再怨我了。（李润东还要说话，李为民打断）这是朱利安特意从国外给你带回来的布鲁斯口琴。

李为民：来，喝点喝点。

【李润东坐到李为民边上，起了一瓶】

李为民：喝。

【李为民抿一口，李润东全干了】

李润东：哥，你又欺负我啊。

李为民：谁欺负你了，去美国之前你可是一斤的量。我才三两。

李润东：(起来上前)咱俩都多少年没来过这了。

李为民：有日子咯。

李润东：哎哥你还记得原来那有个篮球筐么？

李为民：前两年给拆了。

李润东：咱俩一开始在那打的时候，我比你矮半头，你老让我投篮，结果我一投篮你就盖我，还把球扇的特远，特别牛的跟我说一声，去，捡去。我就屁颠屁颠的去捡去了。我就不明白了，后来我上了高中，你怎么就不跟我打球了？

李为民：那我还能盖着你吗？

李润东：德行。

李为民:我那是帮你长个呢。在我的刺激下,你这不是茁壮成长吗?

李润东:这么多年了还没变

李为民:有个事我一直都不明白,(李润东走回来坐下)你还记的跟咱一块打篮球那个坤子吗?

李润东:坤子,我当然记得啊。

李为民:就在那篮球筐底下,我被坤子给打了,那叫一个惨啊。

李润东:对啊,后来我不帮你报仇去了吗

李为民:我就不明白在这了,我干不过他,你把他给打了,在家你从来没赢过我,这战斗力排序不合理啊。

李润东:(李润东喝酒)哈哈,谁让你是我哥呢(说完站起来走前)。

李为民:嘿,东子,(站起来)合着你原来一直都让着我呢?

李润东:合着你现在才知道啊。

李为民:合着你那意思是练练呗。

李润东:练练就练练。

(李润东冲过去)

李为民:你站住,回头给你那挺好的衣服都撕烂了。

李润东:那也比你露半拉屁股蛋子回家强。

李为民：多咱的事啊。

李润东：忘了，(二人向前，找)看那。看见没有。

李润东：那时候你非说你是星矢我是紫龙，你说我能量不足，得去异次元空间补充能量，后来我到了地儿才发现那是李叔家那颗枣树。

李为民：你说那枣树啊。

李润东：咱俩就躲在人家枣树上吃枣儿，蹭了一身杨擀子。

李为民：你别说了，我浑身难受。

李润东：后来，咱被李叔发现了。他让你下来。你怎么跟他说的来着。

李为民：我说，牛啊，你倒是上来啊！

李润东：后来你还仗着地理优势拿吃剩下的枣核当天马流星拳，拽人家脑袋。

李为民：当时拿枣核攒成一堆嘛。

李润东：后来李叔急了，拿那打枣的杆子满胡同追着咱们打。

李为民：(李为民模仿追着打)对，那李叔跑得太快了，一脚一米六一脚一米七，追着咱俩打，这是谁家的孩子啊？

李润东：庐山升龙霸！

李为民：天马流星拳！当时咱就翻墙。

李润东：别动！想起来没有？

李为民：什么啊？

李润东：你翻墙头的时候，刚买那新裤子你给花了一大口子，爸爸看你露着半拉屁股蛋子，抄着花枪就往你内屁股上猛擂！

李为民：是啊！你小子记得还挺清楚！小时候那雅典娜至今还活在我心中呢。

李润东：雅典娜是谁啊。

李为民：隔壁家小静啊。

李润东：不是我吹牛，哥那天你瞅你那样"静，跟我吃个饭呗？"怂那样！

李为民：咱还是喝吧。

李润东：哥，你别说咱俩小时候还真是有挺多好玩的事的啊！

李为民：那可不嘛。

李润东：我一个人在国外的时候想家了，咱小时候的事儿就像跳跳糖似的自己就跳出来了。国外待着没劲了就回来么！这么长时间也不会来看看。

李润东：我知道，说实话，有时候我真的就想，不他妈学了，累！可是咱爸咱妈挣点钱不容易！辛辛苦苦把我送出去，我怎么着也得争一口气吧！

李为民：好小子！长大了！来喝一个

李润东：哥，我想你，(鸽哨)想爸爸揍我的花枪，想，妈妈做的炸酱面，想咱们一家能够团团圆圆的！

有时候我自己在纽约街道上走,我突然就觉得没有方向了。就算我开车回到住的地儿,我也不想上楼,我就一个人儿在车里静静地坐着,静静地听着收音机,想着你,想着爸爸,想着妈妈。你知道那种感觉么?

　　李为民:(拿出口琴吹口琴)

　　李润东:哥,内套家具我不要,那是你妈妈留给你的。

　　【暗场】

第五场

【屋中,中央放着一方桌,上面铺着面皮,旁边一只陶瓷碗里拌着肉馅,李臣擀饺子皮,张秀兰合馅儿。李臣包好了最后一个饺子,放进竹垫上。

张秀兰:我一想着这一家人在一块团团圆圆的吃顿饭我就高兴,包饺子都有劲,唉,我说老头你这干吗呢?和泥玩呢。
李臣:我说这富强粉够白,荞麦面够黑,这俩混搭到一块。也就这色。
张秀兰:怎么这么大了还没个正行啊。这面都糟践了。
李臣:你说这老二,什么时候办婚事啊。
张秀兰:不都说好了年前办了吗。

李臣:年前可不行啊,这老话说正不娶腊不定。

张秀兰:那咱就五一办,春暖花开的多好。

李臣:那一竿子打的也太远了,要我说咱俩跟这也是瞎说,请个明白人给咱看看,算个日子。

张秀兰:你这是要请道捉妖啊?

李臣:唉,就咱家老大混那个样,老二又要开买卖,又要办婚事。这么多个事,我要是不请个先生,这心里没底啊。

张秀兰:那就听你的,那你上哪找去啊。

李臣:那天我就提了一嘴,这老大说他有个朋友认识个大师,说挺好的,咱就给他请过来看看就完了。

张秀兰:行,有老大我就放心了,要这么说是应该让个先生帮他看看啊,他这两年过的也不容易。

李臣:可不是吗?这不是找大师就手也给他算算吗?

张秀兰:老头,你看老大这两回来都要家具,那肯定是遇到难事了,你就把那家具给他吧,不值多少钱的东西。

李臣:不是不给他,就他这败家子儿样,一到他手里他一准儿得给卖了,遇到难事了就让他自己想辙去,没这家具他还甭活了。

张秀兰:我先把锅做上。

【张秀兰起身要往厨房赶,这时,朱丽安进屋。

朱利安:爸爸,妈妈,冬至快乐。(伸手欲抱)

张秀兰:(被朱利安抱住)快乐啊。

【欲抱李臣,李臣婉拒

张秀兰:老二呢?在店里装修呢?

朱利安:是啊,回不来了,让我回来陪你们。

张秀兰:装修呢是吧,那我先烧水去了啊,今天咱们吃饺子。

朱利安:饺子。东跟我说过了,但是我没吃过。

张秀兰:那妈现在就给你做。

朱利安:为什么今天必须吃饺子?

李臣:来来,我告诉你。

张秀兰:老头,你快跟朱利安说说(下)。

李臣:我们中国一年有二十四个节气,每个节气都有自己的吃食,俗话说冬至的饺子夏至的面,到了夏至那天咱们家就吃面,到了冬至啊,就吃饺子。朱,你叫朱什么来着。

朱利安:我叫朱利安,爸爸。

李臣:朱利安,太绕嘴,这样,我以后就叫你小朱子吧。

朱利安:小朱纸,好。就这么定了。那我可以叫你大肚子吗。

李臣:这孩子,行,怎么都行。

朱利安:(看见花枪)大肚子!后面那是什么啊。

李臣:那是花枪,演京剧用的。

朱利安:可以教我吗?

李臣:好,拿枪来(二人拿枪)来,我教你,这手攥这,这脚这么站,把枪立着。

朱利安:哦,我的手已经累了。

李臣:这还没练怎么就累了,一会我喊开始,你就上下左右的跟我对打,然后这么一下,再这么一下,再这样亮个相。

朱利安:好玩!

李臣:来,小朱子。

朱利安:来,大肚子。

朱利安:太好了爸爸,我太高兴了!(朱利安抱李臣)

李为民:呀!(赶忙拦住朱丽安)干啥啊这!(对李臣)爸您没事吧。

李臣:快进去洗洗手,一会吃饭了。(朱利安下)

李为民:我回来的是时候吧,要我再晚点指不定你就被扎了。

李臣:哎,你给我请那人怎么着了。

李为民:北京南城著名的神算子李安全先生。

李臣:能行吗,靠谱吗。

李为民:爸你之前可以不相信我,但是这次,真是太靠谱太难得了,没听人家都在说南城神仙李安全。让我给请来了。

李臣:他都会什么啊。

李为民:本事那可大了去了,这位先生,专修奇门遁甲,给人打卦,卦卦灵啊。现在好些个大企业家都找他算呢

李臣:你怎么请到的。

李为民:还说呢,先生啊是无缘之人重金难求,喜爱之人分文不取。这多亏我一个哥们介绍。

李臣:那人多咱来啊

李为民:就在外面呢,不进来

李臣:那赶紧请啊

(李为民下)

【门外进来一个人。戴着墨镜。

【李臣上前迎接

李臣:李先生,您里边请

李臣:先生大驾,有失远迎。

(老刘摆手。看看表,冲李臣微微一笑)

李为民:先生,您这看表是什么意思

老刘:(摆手,进)

李臣:先生先坐下喝口水吧

老刘:嘘(围着老头转,默默算)庚寅年生人(李

臣冲李为民点头,老刘拿出手机。围着转,摇头,把椅子换方向,示意老头坐下)入座。

李为民:爸,合着咱家朝向不对啊,你得朝这边坐啊

李臣:我这么对着门坐成门神了,要掉个个儿成影壁了。

老刘:(坐下)可有西方人士在此?

李臣:不能啊,我们一家人都是中国人(李为民跟老头小声交流,老刘转过去)啊,对了,还真有一个。

老刘:免一灾。

李臣:那您接着说。

老刘:请您随意说个字。(用手向上指)

李臣:(看老刘)天。

老刘:二人为天。

李臣:是是是,我二婚。

李为民:哎哎哎(上去拦住老头)这回您信了吧。

李臣:先生……

老刘:此屋方位钱财外露。

李臣:可有破解之法?

老刘:天机不可泄露

李臣:我明白我明白。

老刘:此物可守财(掏出招财猫)。

李臣:这?

老刘:结缘。

李臣:哦哦,结缘结缘。

老刘:功德五百。

李臣:先生高高手给打个折。

老刘:(低头看招财猫,蹲下听招财猫说话)六百。

李臣:(跟猫说)五百五百。

老刘:功德无量。

【老刘转半天走到一个角落

老刘:此院有小人啊。

李臣:有小人?(看向李为民)

李为民:(摆手)不是我。

老刘:莫急,温水一杯(李为民端水,递水,老刘作法,沾水,点,冲李臣)

李臣:怎么给我圈上了

老刘:起身!(趁两人不注意,喝一口,在李臣后背画符)喝!

李臣:哎!

老刘:是否有一凉气冲顶而出?吐一口(李臣吐)面朝东方,饮下此水!(李臣喝,老刘李为民交流,比画椅子,李为民指方向)入座!(李臣坐下)

老刘:(掏出手机,挨个地方照)此乃照妖镜。(对准一个屋门)此屋有煞?

李为民:咳咳。

老刘:走了走了(继续照)此屋?(李为民点头)有煞!

李臣:什么是煞?

老刘:不干净之物。

李臣:什么不干净。

老刘:盘古之物。

李臣:什么啊?

老刘:老物件!

李为民:就是你那家具。

老刘:对对对。

李臣:家具?(看李为民,李为民心虚,挠头乱走,看老刘)那依先生说,该怎么处置呢?(老刘不理)

老刘:丢之,弃之。

李臣:(换个椅子位置,走到老刘边上,双手扶住肩膀)老刘!

老刘:哎,老李。

李臣:这么玩有意思吗?(把老刘墨镜摘掉)

老刘:唉,那什么,我还有事我先忙去了。(要走)

李臣:站住(伸手要钱)结那缘。

老刘:(掏钱,给李为民)此乃结缘之物。

【老刘下场,临下李为民上前去把他拉住。

李为民:你怎么搞的。

老刘:(冲李为民说)你最起码得弄张照片,人家看不着东西可没法给价,你自己想辙吧(老刘下)。

李为民:(送钱)来,爸,给你钱。

李臣:去去去。

李为民:有个人特别感兴趣,无论如何一定要买,你让人看看吧。

李臣:赶紧滚!

李为民:我告诉你,你别后悔,这家具是我的!

【李臣指门口,李为民走,李臣拿着招财猫看】

收光

第六场

【装修一新的旗袍店。

【今天是开业大吉的日子。朱利安一身旗袍,正在门外接待客人,其中还有几家媒体,正在采访。李润东在屋里屋外忙来忙去。

【张秀兰上,朝身后喊。

【张秀兰进去,李润东回到里屋。

李润东:(给张秀兰推出来)小冯,你去把那水倒了去吧!妈,您好好歇歇吧,您别在前面给客人倒水了,您今天在这就是皇太后,都得供着您。

张秀兰:妈就是想帮帮你,可你说这帮着人家量衣服五的我也不会干啊,只能倒水(说着还要回去干)。

李润东:今天让您过来就是看看我这个店,(把张秀兰搀到椅子上)您看着能高兴就行。

张秀兰:高兴,妈就是高兴。润东从你这一回来,就张罗着开店跑装修,一开始妈还以为你就是说说,我今天一看这店倒还真不错。我看着跟做梦似的,真好真好。

李润东:(到张秀兰后面,捏肩)我都长这么大了,您还能老拿我当小孩啊,要我说,咱这店先开着,等以后挣了钱,咱带着大哥大嫂,带着您和爸全家出去旅游去。

张秀兰:(往后踏实地靠,手搭上去)小东子,妈知道你的心,可是这挣钱也得省着点用,以后不还得养孩子吗?爸妈不用你的钱。我们就是希望你们能经常回来陪陪我们。你在国外的时候也不方便回家,我们每次想你了,就说给你打个电话,你爸就是不让,说怕耽误你学习。现在你好不容易回来了,有出息了。我们不指望你们挣多少钱,咱们全家能坐在一起团团圆圆的吃顿饭,我们就知足了。

李润东:(到张秀兰身边蹲下,拉住妈的手)妈我知道了。我都这么大人了。

张秀兰:你和你大哥在我们眼里永远都是孩子,你们孩子好了,我们就放心了。你别嫌妈唠叨,妈是看着你这店也开了,媳妇也娶了,心里高兴,才这么说的。

（在场外的李臣：这椅子你可别坐别坐,小朱子,你跟他说一声,看看得了诶！照相可以,不许摸！）

李润东：你看看,爸这脾气还没改。妈,这椅子,我可答应大哥了,我不要。

张秀兰：(捶李润东)你爸也没说给你啊,他的意思是说小朱子今天新店开业,图吉利,想起一出是一出,我也拦不住。

李润东：妈,我是怕大哥要发现这椅子在我这,不好解释啊。

张秀兰：我也担心呢,这万一一会儿你大哥来了知道了,咱们也说不清啊

李润东：那他搬过来干吗啊,我给搬回去吧。(要搬椅子,张秀兰拦住)

张秀兰：快得了吧！你爸那脾气你还不知道,你现在要是搬了他还不得蹿儿了啊,咱还是先听他的吧。

李润东：那行,今儿先开张,晚上没人了我再给搬回去。

（场外李臣：行你甭管,我自己行,哎老二过来搭把手。）

【李臣搬着椅子上。

李润东：您让我去不得了吗(把椅子放下)。

李臣：哎呀,这椅子真长脸啊,就是搁在前头太

扎眼,这整个一个喧宾夺主,还是搬到后面好。(坐在椅子上,李润东凑过去按摩)你这人倒是不少,还有照相的,就是这谁都惦记着往上坐我可受不了老二,人家都穿着旗袍在上面坐着照相,没人花钱买衣裳啊?

李润东:这不就是招揽生意吗?爸,这椅子放这不合适吧?我怕哥知道了不好办。

李臣:有什么不合适的,我这是给小朱子捧个场。

张秀兰:我就跟你说别搬别搬吧。

李润东:好了,不说这个了,爸,您看我这店还行吧?

李臣:装的不赖,咱这家具摆这正合适,那就是镇店之宝。

张秀兰:就是有一点,你别再自己搬回去了。

李臣:那可不行,回头再给我磕了碰了,你到哪说理去。

【一个工人搬着花篮上。

工人:这屋有人没有?(进)

张秀兰:有人有人。

工人:搁这了啊。

李臣:这花篮哪有往后屋送的。搁头里去吧。

工人:前面的人说让我摆这的,你又让我搁外面。我到底听谁的啊。

李臣:这是谁送的啊。

工人:我哪认识啊,自己看。

【李臣走到花篮前念上面的题字,念了出来。

张秀兰:李为民恭贺弟弟开业大吉

李润东:大哥送的?

李臣:你大哥这回倒算办了件人事。

工人:你们大哥就在门口呢,要夸门口夸去。赶紧给我签了。

李润东:我签我签。(李润东上去签,工人下)

张秀兰:老头子,老大来了。

李润东:我哥来了?怎么办啊。

李臣:赶紧找个东西给遮上啊。

张秀兰:我找什么啊(张秀兰拿布盖上,李臣坐在上面)

【听到门外有人说话,李为民走进来,李润东赶紧上去拥抱。

李为民:东子,怎么样我这花圈买的怎么样啊?

李润东:哥,那是花篮。真不错,你怎么不打声招呼啊?

李为民:我这不订花篮去了吗,(李润东挡视线)二老来了。

(李臣张秀兰特别怪异的打招呼,李为民回个招

呼)

李润东:哥,你到前厅看看我这店弄的。

张秀兰:对对对。

李润东:你看我这店里都是按你说的弄得,一片腿上小桥,水里虽说没有一尺二的大长锦鲤,但是个头也不小啊,快去看看去吧。

【李润东拉李为民到前厅,张秀兰,李臣把椅子搬到花篮后面,李润东回来。

张秀兰:不是说老大今天不来吗?

李臣:谁知道今天又是唱哪出啊。

李润东:椅子呢。

张秀兰:藏起来了。(又想往外搬)

(李为民上)

李为民:那鱼除了大红锦鲤还有什么啊。

李润东:还有小红锦鲤。

李为民:这鱼可不好养啊……人呢?

(两人很紧张的打招呼)

李为民:你俩这唱的哪出啊?

(两人异口异声)

李臣:我这饿了。

张秀兰:你爸吃饱了撑的。

(两人对视)

李臣:给我撑的呀。

张秀兰:消化消化食儿。

李为民:(凑近李臣):爸,我把首饰赎回来了,但是她还是不肯见我。

(被李润东拉回来)

李润东:赎回来好啊,我嫂子最喜欢那套。

李臣:好好。

李为民:大花篮怎么放在这啊,占地。(要搬)这送花的是傻子啊,放这跟这装修不般配啊,还是搁门口合适。来,东子,搁门口去。(李润东搬走,李臣坐下)

李为民:(看见李臣坐在椅子上)我说你这抖什么啊?

张秀兰:你爸这是……消化消化食儿。

李为民:你消化食儿得起来溜达溜达啊(把李臣拉起来,一屁股坐在椅子上,李为民看椅子)我买了一趟花篮还累着呢。

李臣:哎哟,我腰疼,不行了,你给我买个膏药去。

(李为民发现椅子)

张秀兰:(受惊吓的)是啊,老大你爸腰疼。老大要不你上药店给我们买点狗皮膏药去吧,你看老二也走不开。

(李为民不说话)

李为民：腰疼是吧，昨晚上又忙活了一宿？挺大的人了怎么还跟小年轻似的啊。你们就是想使唤我了吧。看我坐在这（掀布露出椅子把布扔到地上）就难受。

张秀兰：老大，你别多想啊。今天你弟弟这不是搞开业吗。我们把家具搬过来是想图个吉利，热闹热闹。刚搬过来。晚上就搬回家锁进小屋珍藏起来。

李润东：是，哥，这家具就搬到这里一天。晚上就搬回去了。

李为民：编，你们娘俩接着编。

李臣：今天你弟弟开业大吉，把这椅子搁这当镇店之宝，这主意可是你出的。你可别找不痛快。

李为民：我说，各位。我看明白了，你们是算好了我今天不会来才搬来的吧。

张秀兰：哪有，老大你想多了。

李为民：什么想多了，我看你挺喜欢这家具的。是不是早就想把我妈留给我的家具自己吞了？

李臣：小兔崽子，你说什么呢。

李为民：爹你说说，到底什么意思，平时我在家，让我看一眼都不舍得。你现在还真的搬过来给老二撑门面，你是不是太偏心眼了。

李润东：哥，你听我解释。

李为民：没事弟弟，我跟爸妈开玩笑呢。没事没事,搬来挺好的,多气派啊。

李润东:哥你别误会。家具就搬到这里一天。晚上就搬回去了。要不行我现在就把它搬回家。

李为民:别别,弟弟,摆这吧,挺好看的,给你这店长脸可不就是给咱们全家长脸嘛。

李润东:其实都是朱利安的面子。爸爸答应朱利安给她个惊喜,没想到是家具。

李为民:爸爸现在跟这黑媳妇这么贴心了,真是变得够快的。弟妹真是面子大。

李臣:我愿意,李为民,你少跟我阴阳怪气的。

李为民:行了行了,看看你们,一个个严肃的样,玩笑都开不了,我说你这腰不疼了?你们啊,都误会我了,我弟弟用用这家具能怎么了,没事弟弟,你随便用。不要以为我掉进家具里出不来了,实话告诉你们,没有。我现在有一个提议,趁着我弟弟今儿开业,咱们来张全家福挂店里怎么样。

李润东:我觉得……哥这个主意挺好的,(把椅子搬到中间)哥,拍完了全家福咱们中午出去庆功宴去。

李为民:来,说来就来。就用我这手机拍吧,(冲前厅)弟妹,快来咱们来张全家福。

【朱利安送完最后一个客人,来到里屋。

朱利安:谢谢爸爸,谢谢妈妈。

李臣:只要你们这店红红火火的我们就高兴!

【李为民指挥全家站位置。

李为民:别坐着,爸,我兰姨一个人站着多不合适啊。要不你起来,要不兰姨坐你腿上,你看哪个合适。

张秀兰:不合适不合适。

李为民:您还是跟兰姨站在一起,老二,小朱站旁边,对对,把椅子搁前面。放在中间,对对。

李臣:这怎么照张全家福我们还得站着啊?

李为民:咱这不是传家宝吗?当然要凸显出来了,弟妹,你往里靠靠,背景太黑,照出来看不见。

朱利安:撕你嘴。

李润东:小冯,过来给照个相。

李为民:咱照全了啊,连腿都照上。

【全家的正中间摆放着那把椅子。

小冯:大家好了吗?咱们一块来喊一声茄子。三二一,茄子。

(收光)

第七场

【气氛有些怪异的一家店面,墙壁斑驳,装修老旧,墙上的照片挂件都颇有些年头了

【店里的桌椅一看也都是用了至少几十年了,岁月感很重。

【李为民正端坐在木桌前,桌上摆了一个杯子,和一个空醋瓶做的花瓶

【李润东推门而入,李润东进门时,李为民看到李润东,皱着眉头把咖啡放下,招呼李润东过来坐。

李润东:哥。
(李为民看到李润东进来,低头喝咖啡)
李润东:叫我来什么事儿啊。
李为民:没事就不能叫你来啊。

（李润东坐下）

李润东：没事也能找啊！想找我喝点？

李为民：（李为民不理，喝咖啡）你在国外就喝这个啊。

李润东：是啊。

李为民：多苦啊。

李润东：不苦，咖啡喝了对身体好，这早上喝了消肿，晚上喝了精神。

李为民：嗯，我看你是挺精神的。

李润东：嗯，这不是店也上路了吗？我跟朱利安说好了挣了钱咱全家一起旅游去，飞越半个地球。（口哨声模仿飞机起飞）

李为民：你先落地吧。你看看这店，还记得吗？

李润东：小时候咱跟爸要了钱，你就带我来这吃卤煮。没想到现在改成咖啡厅了。

李为民：这，就是咱们长大的地方，物是人非啊。

李润东：你看，哥我这还没吃饭呢。我来碗卤煮。

李为民：这没卤煮。

李润东：哦，对对对，改咖啡馆了，那我来杯咖啡。

李为民：不用了，（把杯子推过去）我这不喝了，你喝吧。

李润东：这是干吗啊，小时候咱俩没钱，今天我请你(推回去)。

李为民:(推过来)嫌我脏啊

李润东:不是那意思(推回去)。

李为民:(厉声)我让你喝了!

(李润东吃惊看着李为民,举起杯子一饮而尽)

李为民:苦吗。

李润东:还行,不苦。

李为民:今非昔比啊。

李润东:这人总得长大。

李为民:甭跟我演了!今儿找你来,不是来喝咖啡的。

李润东:我知道,家具的事儿嘛。哥,我知道那天旗袍店开张,你心里不痛快,我跟朱利安说了咱家那套家具我不要。

李为民:什么咱家?咱家可没我什么东西,除了我妈留给我的那套家具,连我老爹,都被你那算计的老妈控制着,所以,以后别咱家咱家的,你们家!

李润东:哥,妈妈虽然不是你亲妈,可这些年那也没亏着你吧?

李为民:什么亏不亏的啊,你忘了你妈是干吗的?会计!会计的本质就是算计。

李润东:哥,你可越说越不着调了啊。

李为民:怎么不着调了?别以为我看不出来,那黑妞,照我看根本就是你花钱雇来糊弄老头的,是不是你妈给出的主意?母子俩合着伙,啊,真是,想尽办法啊,还旗袍店,也不看看那黑娘们的比例,能穿吗!

李润东:(有些生气,但又不想发火)哥!我还叫你声哥,我当刚才这些话你没说过,我现在跟你摊开了说,那套家具,我跟你买,二百万,够不够?我买下来原封不动,给老头子留着,只求你别再为这事儿闹腾了,行不行?

李为民:露馅了吧哪来的钱?哪来的钱?你妈给的吧,我就说吧,会计的本质就是算计,得亏老头不是什么富豪,这都能搜刮出这么多!

李润东:李为民,你说这些话没良心。两百万先给你打欠条,先给你十万(掏出一张卡),是朱利安跟我一起在国外辛辛苦苦积攒下来的。

李为民:告诉你甭演了,我已经不会再上当了,开旗袍店挖一坑让我往里跳是不是?让我给你出主意要家具?我告诉你,你跟你妈没一个好东西。

李润东:(站起身)你这是要疯啊?

李为民:(慢慢挺起身)怎么着你还想打我啊。

李润东:(举起碗)我抽你你信不信?(犹豫,放下碗)

李为民:你抽!(给李润东一拳,默默下场)我谅你也不敢。这家,我什么都可以不要,本来也就不是

我的,你跟你爸你妈好好过,我只要我妈留给我的家具。(李为民下场,李润东转头)

李润东:哥,咱还是不是一家人啊。

(收光)

第八场

【这天是小年,灶王爷上天,也是老李家全家聚餐的日子,张秀兰把全家打扫干干净净,摆好了贡品,送灶王爷上天,希望灶王爷能在玉皇大帝那里帮家中多美言几句,保佑明年交好运。

【李家堂屋中。

【幕启。回到第三场初时的景,李臣摆着贡品,给灶王爷点上香。张秀兰端着包好的饺子去厨房。她双手袖子卷起,一头的汗,边走进边擦汗。全家都到齐了,热热闹闹,等老二回家开饭。

【朱利安从厨房出来端着菜,看见老头在打扫尘土。桌上摆着糖瓜儿,朱利安把菜放下凑了上去】

朱利安:爸爸,这是什么?

李臣:这可是稀罕物,这叫糖瓜,一年里就今天送灶王上天的时候能见得着它。

朱利安:灶王是什么东西?

李臣:灶王爷可不是东西。哎呀……那是天上的神,是咱们一家之主,

朱利安:就跟我们的耶稣一样?

李臣:嗯……可能在天上是姑表亲,家家都有一个灶王爷,保护着咱们一家子平平安安。今天这小年就是送灶王爷上天的日子。

朱利安:上天?

李臣:灶王爷上天汇报咱们家一年的这些事,咱们给他供上糖瓜就是为了让灶王爷嘴甜点,净捡着咱们家的好事说。这叫上天言好事

(李润东,张秀兰上,端菜提椅子)

李臣:这剩下的咱们吃了,沾沾这天上的喜气。

朱利安:那我能吃吗?

李臣:这得等咱们一家团团圆圆地坐一块再吃。

张秀兰:这菜都好了,老大怎么还不来啊。

李润东:您就甭管我哥了,也许他这两天忙,咱先吃吧。

张秀兰:那我给老大打个电话。

李为民:甭打了,我回来了。

(李为民带包上)

张秀兰:老大,就等你了,月娥呢?

李为民：月娥回娘家看家里人去了，过两天就回来了

（所有人沉默，看爸）

李臣：那行吧，咱们……

李为民：（掏出酒）爸看看，我给你带什么好东西了，这可是正经特制20年牛栏山。

李臣：（接过酒来仔细端详）你不是又欠人钱了吧？

李为民：今天过小年，我孝敬孝敬您还不行啊。放心吧，我今天不提钱。

李臣：行了行了，都倒上吧，小朱子也倒上。尝尝咱们这个北京伏特加（众人倒酒），我说两句（朱利安站起来）小朱子不用站起来，坐下。现在人到齐了，今天过小年，咱们一家子能坐在一起喝杯酒吃顿饭的也是不容易，今天是送灶王爷的日子，咱一会儿把剩下的糖瓜吃了，沾沾喜气，明年越过越好。来来来，把酒杯都端起来。来，这第一杯酒，（众人举杯）敬国家。

张秀兰：老头敬小点。

朱利安：不不不，就敬中国。中国真是太美了，真是太好了，我爱上他了，我也爱你们。

李臣：我这国家可不是光指中国，咱这还有美国呢。咱们家现在是中美两国人民的友谊，小朱子从美国到咱这来那也是不远万里啊，美国那多远啊，虽然

我没去过美国,但是我去过天津。你说这中美要不建交,咱老二也不能认识小朱子。

李润东:爸说的对,来,喝。

李臣:你别打岔,要说咱小朱子也是知识分子家庭。

张秀兰:老头,都等着呢。

李臣:就是(余下四个人喝一杯),唉算了,不说了,来,为了国家,干杯!

众人:干杯!

(大家一饮而尽)

张秀兰:老二给你爸倒上

李臣:第二杯酒,咱们敬北京。小朱子,我问问你,爱不爱我们北京啊

朱利安:肯定是爱的啊

李臣:这北京是六朝古都,你在这开旗袍店,得好好地学学我们北京的文化。你们不管人在哪,你们的家永远在北京,走到哪都别忘了咱们这条胡同咱们这四合院,这一家子人图个什么啊,不就图个一家子坐在一块堆儿团团圆圆的吃顿饭。

张秀兰:你爸说的对啊,我们就是希望你们能常回来陪陪我们吃顿饭,我跟你爸就知足了,来老头。

(众人喝)

李臣:来,喝。

张秀兰：别光顾着喝酒,吃菜。

李臣：倒上倒上,让我说完呗,这第三杯酒,咱也不敬外人了,敬敬咱们自个。

张秀兰：这还像句话。

李臣：你们这俩孩子啊,都得好好工作好好过日子,让我们老两口省心,你看你们现在俩人都吃的白白胖胖的。(看朱利安)老大,回头好好哄哄人家月娥,三十儿的时候带过来一块吃顿饭。老二,小朱子,你们得好好的啊。来这一杯酒,敬咱们全家,everybody。

(众人喝,李为民和别人不是一个频率)

李臣：来,吃菜吧。小朱子,尝尝咱们这个灶王爷吃剩下的,糖瓜,一人拿一块,沾沾喜气。嗯,今天这菜还不赖。(大家纷纷吃菜)

李为民：那今天我也说两句吧。

李臣：你说说吧。

李为民：今天除了月娥的这瓶酒,我还给你们每个人都带了礼物,您受累。爸,打您这开始,这瓶酒只是个抛砖引玉,爸,好爸爸,我特别的爱您,您把我从小拉扯大不容易,您看我给你买什么了(掏出赵子玉的蛐蛐罐)？

李臣：这是真的？

李为民：仿的,还是低仿,没多少钱,但也是我的一片心意。没事拿着玩玩。

张秀兰:老大。净瞎花钱。

李臣:我收了!

李为民:不用谢,还有咱这个勤俭持家的兰姨,兰姨,我真的特别佩服您,没您这么会精打细算,咱们家不能成今天这样。最辛苦的就是您,这西红柿炒鸡蛋,我是永生难忘啊,满北京城找不到一个比您炒得还好吃的。

张秀兰:你什么时候想吃,就回家来。

李为民:您看看您这手。我呢,给您今天带了个礼物,友谊牌的擦手油,我这是在台基厂大芳买的,希望您多多爱护自己的双手,保养的细腻红润有光泽,行吗。

张秀兰:谢谢。

李为民:这位兄台,还有兄台夫人,筷子两双,祝你们早生贵子。

朱利安:谢谢大哥(李润东不接,朱利安接过来)。

李为民:这位兄台,以前的事儿多多包涵。

李润东:不说了哥,喝了这杯酒。

李为民:(打断李润东)早生贵子。(又一杯,倒一杯)

李为民:礼物都拿好了啊,接下来。(给自己倒上

酒）

（喝一杯,倒一杯）

张秀兰:老大你慢点喝,吃点菜。

（再一杯）

李为民:我今天来还有一件事要宣布。

李润东:哥,什么事,整的神神秘秘的。

李为民:我跟咱爸,李臣老先生。断绝父子关系（众人停止手中的事情）。咱们全家,所有人断绝一切关系。我就有一个要求。

张秀兰:老大,你这说什么呢。

李润东:哥,开什么玩笑呢!

李臣:(听到后很平静)你说你的要求。

【李为民从口袋里拿出一张表格。给老爷子。老爷子看了一眼,拿在手上。

李为民:把这个给我签了。

（李为民站起来,众人看李为民）

李臣:遗嘱?

李为民:这是昨天晚上我 down load 的一份最标准格式的遗嘱。你给我签了我就走人。

张秀兰:老大,你这是要闹哪出啊。

李为民:这套家具,市场价值,900万,我都已经找人预估过价格了。

张秀兰:那家具都在家呢,你上哪预估的啊。

李为民：是啊，就藏在家里不给我看吧，得亏那天李润东的旗袍店开张，我去了。我那天给家具拍了照片，找人预估了，900万。

李润东：大哥，我真不知道这家具值这么多钱。

李为民：老二，别演了，你能不知道这家具值这么多钱。想拿200万就把我打发了，这是你妈给你出的主意吧。剩下的钱你跟你妈怎么分啊？

李润东：大哥今天咱们一家挺开心的。

李为民：行了我也不想多说废话了。我咨询过律师了，今天我肯定要不走，您一天不死，我一天拿不到那家具。你死后这套家具唯一继承人是我，反正这家里也没什么东西是我的。

【李臣喝一盅。

李臣：好了好了。

【老爷子在上面认认真真地写遗嘱。自己念叨。

李臣：在我活着时候，家具归我处置。等我死后，家具只归李为民所有。别人不得干涉。

李为民：好，我的好爸爸。（朝前跪下）我给你跪下了。这也是我最后一次给您磕头了。

【李为民下跪跟老爷子诀别。

李为民：再见了爸爸，这是我最后一次叫您爸爸了。

【李臣喝完一盅酒，进屋搬椅子出来。

李臣:(转过身,背对李为民)老大,你要的都在这了。

李为民:其他的那?(起立)哦,都在屋里呢是吧,没事,我回头找人给我搬来。

李臣:不用那么多人,你一个人足够。

李为民:为什么啊?

李臣:里面没有了,都在这

李为民:别给我装蒜,什么没有了,明明我那一堂家具是六件。其他的呢?

李臣:(转过来跟李为民:对视)只有这一件。

李为民:(李为民进屋看了一圈)家具呢,你是藏起来了吧。我知道打前清,八国联军进京那会这藏家具就是咱们家的传统。你把我的家具给我拿出来,要不我就是掘地三尺拆房扒墙,我也给你找出来。

【李为民疯了一样砸墙,李为民转了一圈又找到老头】

李为民:家具呢?你不告诉我你藏哪了是吧?

李润东:哥!

李臣:谁都别管。老大,你不是不要这个家吗,来我帮你。

【李臣上来跟他一起砸,李润东上来拉爸爸】

张秀兰:老头!(去拉李臣,被甩开)老二你快去劝劝你爸。

李润东:爸。

李臣:你滚。

【舞台上的景片被推散,砸散】

李臣:(看看李为民,李润东定住)砸够了吧。你还想砸哪,随你,你想砸哪就砸哪,你想砸什么就砸什么。

【李臣从李为民身边掠过,下,朱利安追着下】

张秀兰:老头子。

朱利安:大肚子,大肚子。(朱利安下)

李为民:(见着李润东,抓他)家具呢,家具呢?藏起来你就告诉我。卖的钱我跟你平分行不行?

李润东:你疯了吧。(厉声)

李为民:(找张秀兰)家具呢?你天天跟他吹枕边风。你们全家合起伙来耍我是吧。

张秀兰(去拉架)别闹了。

李润东:你再说一遍试试。

张秀兰:老大老二,你们都别闹了。

李为民:你们全家都他妈没个好东西。

李润东:我他妈揍你。

【李润东冲上前要揍,张秀兰给了他一耳光】

张秀兰:老二!

李润东:妈!

张秀兰:再怎么说他也是你哥,你有没有点良心。你小时候你哥帮你扛过多少事,你怎么能跟你哥动手,你这是六亲不认!!

(李为民鼓掌,张秀兰转过身来,)

李为民:还演戏,周瑜打黄盖啊,继续演继续。

(张秀兰一耳光打了李为民)

张秀兰:不是要找家具吗?我今天就告诉你。家具都卖了,卖了一千零三十。

李为民:什么?

张秀兰:家具是你妈留给你的没错。可你爸没能给你留住。有些事你爸说不出口,我也想把这些话一辈子烂在肚子里。可今个,你是要把你爸给逼死啊。老大,你爸把你带大,他不容易,很多话你爸没跟你讲,那是因为你爸不想让你知道。你生下来你妈就走了,你打小脸上就长着一块青记,整个半张脸都是青的,就跟水浒里面青面兽杨志似的,你爸当时没在意。可到了两三岁你变得特别孤僻,邻居小朋友都没人跟你玩,还老嘲笑你。那个时候我就过来了,你爸跟我说,这不行,这么下去孩子一辈子就毁了。你爸抱着你跑遍了北京的医院,为了给你看病连工作都不要了,可哪都治不了。最后有人介绍了个江湖郎中,他有家传秘方能治,可收费也高,要三十块钱。你爸当时一个月工资不到十块钱。哪来三十块钱啊?没辙了,他抱着把圈椅走了。你爸多在意那家具啊,那天外面下着大雪,他拿自己个军大衣裹着那椅子。回来的时候,脸冻得发紫,手里攥着三十块钱。你脸治好了,性格也变开朗了,你爸跟我说,绝对不要跟你提这件事,他怕你还有心理阴影。1992年你才十四岁,读初中,当时流行英雄牌钢笔,你问你爸要钱买,你爸口袋里比脸还干净,养活一家人就不容易了,哪还有富余。没钱给,你跟你爸吵了一架就去上学了,后来放学一直没回家,你爸急了就去学校找,去了才知道你被罚在全校学生面前作检讨,脖子上还挂着个牌子上面写着小偷。一问才知道你偷了同学的钢笔,那个学生是校长的儿子,他报告了班主任,班主任就在全班一个个学生抽屉里检查。最后从你的抽屉里找到了那支钢笔。班主任早就恨透了你调皮捣蛋,就让你挂牌子游街。你爸看了当时就急了,就去问你们班主任,没想到他连你爸一块骂小偷,还说你来上学一天就收拾你一天。这学校没法待了,你留在那也等于这辈子毁了。你爸一咬牙,给你办转学。可他一个平头老百姓谁愿意给他帮这个忙呢,他跑断了腿终于找到一个愿意要你的学校,可人家又是要钱,这次是要一千块钱。你爸二话没说把八仙桌给卖了,卖了一千。一千,三十,一共一千零三十。还没完呢!你还记得你跟你弟弟打的那一架吗,1999年,你职高毕业跟同学吹自己稳稳进出租公司,你带着你弟弟去应聘,到了那你给人家经理低声下气求人家要你,可领导趾高气扬根本没把你当人,你弟弟看不惯冲上去要打他。结果领导把你们俩都轰出了公司,一出大门你就把你弟弟打了,怪他坏了你的好事,你还说如果出租公司因为你弟弟没录取你,你恨他一辈子,回来你俩半个月谁没理谁。你爸爸看出问题了,一问知道是这情况,这一次他不干了,你们哥俩从小那么好的关系,他怕你们哥俩反目成仇,于是就去请出租公司领导来家吃饭,求人家要你。那天烟也上了酒也喝了好听的话也说尽了,那老头就是不吐口儿。人家嘴巴闭得紧,可眼睛贼着呢,一直瞄着里屋的条案和茶柜和坐墩。经理走的时候,留下话说儿子要结婚,家里还缺条案和茶柜。你爸爸二话没说把家具给人送到家去了。你上了班还见天跟哥们儿吹自己有能耐,能混国家单位。你那时候怎么想不起来找那家具啊?你想不起来,你爸心里可放不下!每回送走一件家具,他都要去给你妈上坟,一待就是一天,回来两眼是肿的。晚上睡觉也睡不踏实,梦里嘀嘀咕咕的念叨对不起你妈。我有时候忍不住问他,你有什么话跟我说,别憋在心里。可他什么也不说,还跟我急嫌我事儿多。老二,要不是你,家具不会全被人要走,你愧对你哥哥。你哥哥从小就照顾你,他再怎么说也是你哥。无论怎么样你不能这么对你哥。最后还剩下的这一把椅子。2002年你爸厂子倒闭,老二要出国。有人拿着钱找他买椅子,他把人家轰走了。他跟我说,剩下这一把椅子,说什么也要留住了,这是你妈给你留下的念想。我跟你爸就是希望你们能常回来陪陪我们,希望咱们这一家人能团团圆圆的吃顿饭。老大是孩子,老二也是孩子。老二是亲的,老大也是亲的。这些年我总对自己说,你们是孩子,对你们要包容,对谁都要包容。可我现在才发现,我这不是包容,是溺爱。我早就应该做的,是教你们学会包容!

第九场

【一年以后的除夕夜。外面爆竹声接连不断,孩子哭声不断。李为民和月娥的孩子躺在摇椅中,李臣在一边手里拿着拨浪鼓、奶瓶摇着椅子。

李臣:孩子,今儿是除夕,你奶奶给咱们做年夜饭呢。爷爷陪你玩会。可不能哭啊,给我个面子呗。(孩子停止了啼哭)这孩子真听话,比你爸小时候老实多了。瞧瞧,小嘴儿长得像月娥,这双大眼睛还是随为民。为民他妈,快来看看你这大胖孙子,瞧这眼神,长大了一准比他爸机灵。家具的事情,我是对不起你,那把椅子啊,我说什么也不能让他再离开我了。末了我让为民和月娥,放到他那茶馆里当个镇店之宝,我良心上也好过一点,你还怪我吗?(小孩笑)

你爸你妈啊,在店里忙活呢,给你挣多多的钱,让你吃好的玩好的,供你读书,娶媳妇。小子等你再长大点,爷爷带着你出去玩去,吃卤煮喝豆汁,逛天坛咱走颐和园,北京好玩的地方多着呢,你算是享了福了,你得快点长大,要不然爷爷就老的走不动啦!想当年我骑着锃光瓦亮的大二八,一按铃铛全胡同都能听见,那时候老大老二为了抢着坐大梁没少打架,我老是偏着老大让他坐,让老二坐后头。这天好的时候老大就抬头看着天,我问他,老大你看什么呢?老大傻乐着说我看大高楼呐,后来秀兰告诉我老大那是看你呢,你在天上看着他,看着我,看着我们这一家子,看着我们和和美美的,团团圆圆的,平平安安的你才放心。秀兰嫁过来的时候,为民才两岁大,她跟我过日子,有一半横是都为了帮我拉扯为民,秀兰这一辈子是真不容易,向来对为民比对亲儿子还亲,我都成了糟老头子,想对她说句谢谢都张不开嘴。你能懂我吗?(小孩乐)小东西,连你都懂我啊?老二润东娶回来的洋媳妇,这孩子真好啊,我现在是打心眼里喜欢她,这洋人说话方式跟咱们不一样,心直口快,简简单单,有什么说什么,不像咱们中国人爱面子,有些个话一辈子都说不出口,现在不是都讲究沟通吗?(李润东上)这两口子之间也好和孩子们也好,有些话是真的说出来才行,把心打开了,日子就美满了,(朱利安上,李润东拦住她让她别说话)谁家都是这么当子事儿。小朱子一见面就我爱你我爱你,我活这么大岁数都没说过这三字啊。(李为民月娥上)为民他妈,(张秀兰上)今儿个过年,我跟你说一回我爱你,你能听得见吗?我也真想跟秀兰跟孩子们说一句我爱你。小孙子,爷爷也爱你!

张秀兰:今天大年夜,咱们这一家人团团圆圆在一起吃团饭。
李臣:好,乖孙子,咱们团团圆圆吃年夜饭去了啊。
(李臣看李为民,看李润东,向张秀兰走过去,张秀兰迎过来,李臣下场)

【全剧终】